子供の情景

children's scene

牧野　楠葉

目次

第1章　出会い

おれは、ありすを愛している

そうメモに書きながらおれは思った。これがすべての始まりだった。グループホームの薄暗い部屋で、一人机に向かいながら、ペン先が紙に触れる音だけが響いていた。静寂の中で、頭の中にはありすの姿が浮かんでくる。

初めてあいつを見たのは、さっきだよ。そう、さっき。今日の初夏の午後。窓の外には、強い日差しが照りつけていた。

グループホームの玄関の扉が開き、新しい住人が入ってくるのが見えた。細身の体、車いすに座った女。顔は薄く透けるようで、目は虚ろなままなにも見ていないようだった。

スタッフの佐藤さんが、「新しい仲間です」とあっさり紹介していたが、その言葉なんて耳には入らなかった。ただ、ありすが静かに部屋を見渡し、まっすぐおれを見つめたその瞬間、胸の奥で何かが軋んだ気がした。まるで、凍りついた心臓が再び動き出したように。その時、ありすがふと視線を横にずらした。その先には、テーブルの上に置かれた一輪のクチナシの花があった。クチナシの香りが、ほんのりと漂っていた。あいつはその花をじっと見つめ、何かを囁くように言ったんだ。誰も聞き取れなかったが、おれにはなんとなくわかった。あいつは、あの花に話しかけていた。佐藤さんによると、ありすは統合失調症らしいから、まあ幻覚とはいつも友達ってわけさ……。

その日の夜、おれはベッドに横たわりながら、天井を見上げていた。あいつのことが頭から離れない。なんでこんなにも気になるんだろう。おれはいつだって一人で生きてきた。人に頼るなんて、性に合わんよ。だけど、あの女にだけは、おれの中の何かが反応してしまう。

次の日の昼前、ありすが共同スペースに入ってきたとき、住民たちが集まった。ありすが自己紹介するっていうからさ。そりゃ集まるよな。皆、暇で暇で仕方ない。話題が足りなすぎるんだ。

ありすは車いすに座ったまま、淡々と自分のことを話し始めた。

「ありすです。43歳です。もうこの病気でこの年齢だと、あとがないです。身体障害も持ってます。よろしくお願いします」

短いが、思っていたより重い自己紹介だった。そして、ありすはなぜだかよろめきながら、車いすからぐぎぎ、と立ち上がって、その場に立ち尽くし、突然胸のペンダントを握って目を閉じた。

「いまはお昼だけど、星たちは……」

まるで何かに耳を澄ませているような仕草に、他の住人たちは戸惑いを隠せなかった。

「ヤバ。星と話してんのか？　俺らよりやべえガチモンが来ちまったわ」

と、おれより年下のこぐまが、冷やかすように小さく笑い声をあげた。その笑いに引きずられるように、その場にいた女どももクスクスと笑い始める。60のジジイのからすは無表情のまま、腕を組んで見下ろしていた。

「ありすさん、その星が何を教えてくれたのか、教えてくれますか？」

丸いクッションを膝に乗せながら、ふくろうおばさんが言った。

ありすは目を閉じたまま呟いた。

「彼らは見守っているだけ……」

その言葉は、部屋に微妙な空気を漂わせた。だが、その時、うさぎが突然現れて、その場を取り繕うように明るく声をかけたんだ。

「ありすさん、星たちはいつも僕らを見守ってるよね。ねえ、今日はみんなでご飯を食べようよ！」

29歳の親友、うさぎは独特な存在感を持ち、複数の人格を持っている。解離性同一障害ってわけだ。いまのうさぎは、陽気で前向きな「ラビット」。彼の登場により、場の雰囲気は一気に和らいだ。だが、ねずみであるおれにはわかる。あの笑顔の裏には、他の人格が潜んでいること。まあ、いずれ、いやでも出てくるさ……。

うさぎの登場により、ありすも少しだけ表情を緩め、周囲の住人たちも微笑みながら食事の準備を始めた。その場を取り仕切るうさぎの姿を見ながら、おれは再びありすに目を向けた。彼女の姿は、まるで遠くに行ってしまいそうな儚さを漂わせていた。

おれは、最初っから、おまえを見たその瞬間からだ、その枯れる寸前の花みたいな雰囲気が気に入っていた、だけど、同時に不安を感じていた。おまえがどこかに行っちまうんじゃないかって。

皆がラビットにうながされて、共同スペースのテーブルに乗った簡単な昼食を見つめた。

「さあ、早く座って！」

ラビットが、皆を促す。

「わかったわかった」

もぐらが面倒くさそうに腰を下ろした。彼女は30代半ばで、元アル中でうちのグループホームに入ってきた。今日は彼女がパズルに集中していて、やる気がなさそうな表情だが、決して他人を嫌っているわけじゃない。

「俺も、ようやくこの場所に慣れてきたかなあ」

21歳の最年少のこぐまがぽつりと呟きながら席に着いた。痩せ型で、眉毛を剃っているので見た目は怖そうに見えるし、皆をからかってばかりいる。

「あんたはもっと人を敬いな」

りすがこぐまに注意しながら席に着いた。彼女は24歳で、明るい性格だが、15歳のときに自分の母親を殺してしまい、少年院を出てきてからここにやってきた。こぐまが笑いながら言った。

「うるせえよ、母親殺し」

「黙れ？　クソガキ」

「どうでもいいが、もう少し静かにしてほしいもんだな」

からすがボソッと言った。彼は年寄りで、全員を見下すような態度を取ることが多く、特に若い奴らに対しては皮肉を言う癖がある。だけど、寂しいのか、なにかにつけて話し相手を探しているようにも見えた。

「からす、口を開けば嫌味ばっかりだこと！」

ふくろうおばさんが苦笑いしながら言った。彼女はこのグループホームの皆を導く存在として一目置かれている。

「でもさ、こうしてみんなで食べると、なんかうまく感じるよね！」

ラビットがそう言うと、皆の空気が柔らかくなった。

「かえで、最近食欲どう？　嫌だったら無理して食べなくていいんだ」

おれは言った。かえでは拒食症で、もう面倒が見切れない！　と家族に見放されてここにやってきた。

「家にいたときよりマシかな。心配、ありがと。そういや、ねずみ、今年で31じゃない？　わたしと同い年」

「ああ、そうそう。なんか30代って早いよな。鬱も全然治んないしさ……このまま行くと、どうなっちゃうんだろうな、マジで」

ありすは黙って箸を動かしていた。握り箸で、辛そうに食っていた。おれはなんだか、ありすを見守るようになった。特に何か意図があったわけじゃない。気がつけば、自然と目が彼女を追っていた。あいつは、他の住人たちとは違った。なにかが壊れていたように見えたけど、同時に壊れたものを無理やり組み立てようとしているようにも見えた。おれは、その不器用な姿が気に入っていたのかもしれない。

ある日、ありすが外の庭で静かに佇んでいた。花壇の前に車いすを止めて、じっと何かを見つめている。おれはその姿を遠くから見ていた。近づくと、ありすの視線の先には、またクチナシの花が咲いていた。

「おまえ、その花が好きなのか？」

おれが声をかけると、ありすはゆっくりと顔を上げた。彼女の目は、やっぱりどこか遠くを見ているようで、いまにも消えそうだった。

「この花はさ、なにもうるさく言わないでしょ。ただ、咲いているだけ。だから、好き」

「おまえも、ただそこにいるだけでいいさ」

おれは自分でもよくわからないままに、そんなことを言った。

それから、ありすとおれは、少しずつ話すようになった。とはいえ、お互いに多くを語ることはなかった。おれは、元々口数が少ないし、ありすも自分の世界に引きこもっている時間が長い。だが、そんな静かな時間が、心地よかった。無理に言葉を紡ぐ必要はなかった。ただ、同じ空間にいるだけでよかった。

ある日、うさぎが、庭でありすに無邪気に話しかけていた。その様子を見る限り、いま、うさぎはキッドという五歳児の人格が出ているようだった（勝手におれがそう名付けているだけ）。解離性同一障害って、どうやら、その人格になっているときは、別の人格のことが自分で一切わからないらしい。

「ありすさん、ぼくたちもお花を育ててみようよ。きっと楽しいよ！」

「え？　わたしたちにも育てられるの？」

「もちろん！　ぼくらで一緒にやろう！」

その日の夕方、ありすは自分の部屋に戻ったが、ドアが少し開いていた。おれはつい立ち止まり、中を覗いてしまった。ありすは、クチナシの花を手に取り、じっと見つめ、呟いた。

「……でも、枯れちゃうんだろうねえ」

おれは部屋に入らず、そっとドアを閉めた。その夜、おれは、ありすのことを考えながら、なかなか寝つけなかった。


次の日、ありすは自室で一人静かに過ごしていた。おれは、彼女がどんなふうに一日を過ごしているのか気になって、自然と足が向かってしまう。気づいたら、ありすの部屋の前に立っていた。ノックするかどうか迷ったが、おれはそのまま扉に手をかけた。

「入ってもいいか？」

扉を少しだけ開けて、顔を覗かせると、ありすはベッドの上でうずくまって、膝を抱えていた。

「どうかした？」

ありすはしばらく沈黙した後、ぽつぽつ話し始めた。

「昨日さ、うさぎと庭作業をやる約束をしてたんだよ。でも……急に、彼が怒り狂ってさ……」

それを聞いて、おれは思わず顔をしかめた。

「最初は普通だったの。花壇の整備をして、鉢植えに新しい花を植えようって。彼も楽しそうだったし、穏やかだった。でも、突然……何かがキレたみたいに……」

ありすは言葉を選びながら、その光景を思い返すように話した。

「最初に……小さな鉢植えを手に取ったんだけど……次の瞬間、ものすごい力でそれを地面に叩きつけたんだよ。割れる音が凄まじくて……わたし、なにが起こったのか、一瞬わからなくて……」

ありすの目が怯えたように揺れていた。彼女がその場に立ち尽くしていた様子が目に浮かぶ。

「そしたら、次から次へと鉢植えを片っ端から壊し始めたの。手当たり次第に、叩きつけて、割って……わたし、どうしていいかわからなくて、止められなかった。声をかけようとしたけど……なんか怖くてさ……」

「それで……どうなったんだ？」

「彼は何も言わずに、最後の鉢植えを叩き割った後、そのまま庭を出て行っちゃったの。まるで、別の人間みたいだった……」

今日のうさぎはどうやら、自己破壊的で暴走するドゥームの人格が出てしまったらしい。

「わかった。……また、鉢植えは、おれがスタッフの人に言って、新しいもんを注文してくれって頼んどくよ。そんで、うさぎにも悪気があるわけじゃねえんだ。あいつは、複数人格があるから……昨日のうさぎと、今日のうさぎは、まったくの別人ってわけ」

「そうなんだ、うさぎの中にはたくさんのひとがいるのね。ありがとう、ねずみ。助かる」

おれは黙った。助かる、だなんてさ？　……おれがありすにとって、なにかの支えになっているなんて、考えたこともなかった。そしておれとありすは、次第に、このグループホームの中で、確実に依存し始めていた。だが、その依存がどこに向かうのか、まだおれは理解していなかった。ただ一つだけ確信していたことは、ありすを守りたいという気持ちだった。なぜ、ここまで苛烈にそう思うのか、まだわからなかった。でも、それが、おれのすべてだった。

自然と、毎日、おれはありすの部屋を訪ねていた。何度もこうやって、ありすが静かに過ごしている時間を邪魔しないように見守ってきたんだ。だが、今夜は違う。何か、彼女の中で違うものを感じた。軽くノックをしてみたが、返事はなかった。まるで空気すら動かないかのような沈黙。おれは迷ったが、ゆっくりとドアを開けた。

「入っていいか？」

少し声をかけてみたが、やはり返事はなかった。ベッドに横たわって、じっと天井を見つめているありすの姿が見えた。普段のあいつとは違っていた。虚ろな目で、何も見ていないような顔。なんだかんだ言って、ありすはこの場所に来てから徐々に表情を見せるようになっていたが、今はまるで、全てを投げ出したかのようだった。おれは、その様子に焦りを感じた。

ベッドの隣に座ると、ありすがほんの少し動いたのがわかった。でも、言葉はなかった。ただ、そこにいるだけ。おれも特に何も言わなかったが、しばらくして、自然と口が動いた。

「今日はどうした？　なにかあった？」

おれの声は、いつも通りの無愛想なものだったはずだ。でも、その瞬間、ありすがわずかに反応した。彼女が目を閉じたまま、小さく息を吐いた。

「……なんでもないの」

その声は弱々しかったが、確かに返事をした。そのとき、おれは、無意識に手を伸ばしていた。ありすの肩に手を置いた。重くならないように、けれども、確かに触れているという感覚を彼女に伝えるために。

ありすの体が少しだけ震えたが、その震えは徐々に収まっていった。おれは、自分がなぜこんなことをしているのかよくわからなかった。ただ、彼女がここにいて、そして、おれを必要としているように感じたんだ。

「いままで、誰にも頼れなかったんだな」

口をついて出た言葉は、まるで自分の気持ちがあふれ出たかのようだった。ありすは黙ったまま、目を閉じていたが、その瞳から一筋の涙が頬を伝って流れたのをおれは見逃さなかった。なにかが彼女の中で変わった気がした。

「……ありがとう、ねずみ」

小さな声だったが、確かに感謝の言葉が返ってきた。おれは、その言葉に驚いた。誰かに「ありがとう」と言われたのは、いつぶりだろうか。そんな言葉を聞くなんて、想像もしていなかった。それがありすからだなんて、なおさらだ。おれは、彼女が自分に向けたその言葉に、どう答えるべきかわからなかった。ただ、その涙を指でそっと拭ってやった。ありすは、驚いたように目を開け、おれを見つめた。その瞳の中に、確かに何かがあった。おれに向けられた、微かな光のようなものが。この瞬間、おれは気づいた。あいつが、おれを必要としているんだ。おれは、ありすを守るためにここにいる。それは、もう疑いようもない事実だった。

おれは、いつだってひとりだった。幼い頃、父親の荒い声が家中に響いていた。酒臭い息と共に、家のドアが乱暴に開けられる音がするたびに、おれはベッドの中で身を縮めた。母親も、ぎゃあぎゃあと泣き崩れるだけ。

「お前は役立たずだ！」

父親の怒声が耳にこびりついている。何度も、何度も繰り返されるその言葉に、おれはどんどん小さくなっていった。家には誰も、おれを守ってくれる人間なんていなかった。孤独だけが友達だったんだ。それでも、母親だけはおれを見捨てないと思っていた。あのときまでは。

母親が、夜中に荷物をまとめていた光景を思い出す……。リビングには、知らない若い男が立っていた。奴は、母親の肩に手を置いて、そっと耳元で何かを囁いていた。母親は、初めてこの家で笑ってるんじゃないかというぐらいの笑みを見せていた。

「どこ行くんだ……？」

おれは、震える声で母親に問いかけた。だが、母親はおれを一瞥すらしなかった。奴と共に、ドアを開けてそのまま家を出て行った。なんの説明もないまま、おれはただ、家の中にひとり取り残された。廊下には、母親が忘れていった古いスカーフが落ちていた。おれはそれを拾い上げ、しばらくその場に立ち尽くしていた。

それが、母親との最後の記憶だ。

そしてなんだか、つられて、おれが初めて好きになった女の子のことを思い出した。中学生の頃だった。森川さんという子だった。森川さんは普通の女の子だった。普通の学校に通って、普通の服を着て、普通の友達と笑い合っていた。それが、おれにとっては、逆に異常だったんだ。おれはその頃から、すでに「普通」にはなれないことを知っていた。家庭は崩壊していたし、学校ではいじめられ、友達もいなかった。誰かと一緒に笑うなんてことは一度もなかった。でも、森川さんは違った。彼女の周りには、いつも人がいて、笑顔があった。だからこそ、おれは彼女に惹かれたんだ。彼女が眩しすぎて、おれにとって手の届かないものに見えた。クラスでは目立つ存在でもなく、特別美人というわけでもなかった。でも、彼女の普通さが、おれにはとんでもなく魅力的に思えたんだ。

ある日、放課後の図書室でおれは彼女に出会った。友達と一緒にいる森川さんしか知らなかったおれにとって、彼女がひとりで本を読んでいる姿は衝撃だった。おれは、なにか言いたくて声をかけたんだ。

「……なに読んでるんだ？」

声をかけた瞬間、森川さんは顔を上げ、驚いたようにおれを見た。おれも自分が話しかけたことに驚いていた。いつもは人を避けていたのに、森川さんにだけはなぜか自然に話しかけることができた。

「え？　ああ、これ……ただの小説」

彼女はそう言って、何でもないように本を閉じた。それはごく普通のラブストーリーだった。おれはその場で何も言えなくなり、ただ隣に座ってしまった。彼女は少し困った顔をしていたが、追い払おうとはしなかった。

「ラブストーリーだったら、これが面白いと思う」

おれはナボコフの『ロリータ』を渡した。

「分厚くて難しそう。だけどありがとう、助かる」

それから、おれは放課後になると図書室に通うようになった。毎日、彼女が来るかどうかもわからないのに、ただそこに座って、彼女が現れるのを待った。そして、彼女が本を読む姿を横目で見るだけで、十分だったんだ。

ある日、とうとう彼女が話しかけてきた。

「ねえ、私、もう図書室には来られないんだ」

「……どうして？」

おれの言葉に、彼女は戸惑ったように眉をひそめた。

「だって、普通に友達と過ごすのが楽しいから……。別に、ここでずっと一人でいる理由なんてないよ」

その瞬間、おれは理解した。彼女は普通の生活に戻ろうとしているんだ。おれとの関係は、彼女にとって特別なものではなかった。ただの一時的な暇つぶしだった。

おれは、彼女が「普通」に戻っていくことが許せなかったんだ。おれにとっての普通は、彼女のような「普通」ではない。彼女が手に入れているものは、おれには一生かけても手に入らないものだった。

その日を最後に、森川さんは二度と図書室に来なかった。おれは、またひとりぼっちに戻った。彼女の笑顔も、温かさも、おれにとっては幻のようなものだった。それからしばらくして、彼女がおれを路地裏で蹴り飛ばしている学校の男たちと平然と笑い合っている姿を見たとき、おれの中でなにかが切れた。普通の人間たちが、普通の生活を送るのを見て、おれは彼らとは永遠に別の世界にいるんだと痛感したんだ。

でも聞いてくれ、ありすだけは、彼女だけは、決定的に違っていた。森川さんがおれに言った、助かる、と、ありすの助かる、という言葉が、フラッシュバックしたのかもしれないが……彼女もまた傷ついた存在で、世間から見放されていた。おれは初めて、誰かと対等に接することができるんじゃないかと感じたんだ。彼女の弱さが、おれを引き寄せた。おれたちは同じだ。誰からも理解されない、孤独な存在だ。傷の舐めあい、と言いたければ言えばいい。でも、おまえらには、おれたちの姿が、全くもって、見えていないだろう？

ありすの車いすに乗った姿を見たとき、初めておれは守りたいと思った。彼女の存在が、おれに生きる理由を与えてくれた。彼女がいなければ、おれはただの抜け殻だ。おれのすべてが、ありすを守るために存在しているんだ。だけど、その気持ちがいつしか愛情というよりも、恐怖に変わっていった。ありすがいなくなったら、おれはどうなってしまうんだ？

数日が過ぎ、ありすとおれは少しずつ他の住人たちとの関わりを持つようになった。だが、ここでの生活は、どこか常に緊張感が漂っていた。

その日、朝の共同スペースで、もぐらが一人で座っていた。彼女はたしか30代後半で、いつも紫色の服を着て陰気な雰囲気を漂わせている。彼女は何かに夢中になっていた。おれはありすを連れて、もぐらに声をかけた。

「なにやってるんだ？」

「……これ、パズルだよ。１０００ピースのやつをやってみてる」

パズルなんて、あまりに静かで孤独な趣味だとおれは思った。

「おれはパズルなんて、性に合わないな」

おれがそう言うと、もぐらはふっと笑った。

「だろうね。これは、ただの逃避。……現実から目を背けたくなるとき、こうやって何も考えずに集中できるものが欲しくなるっていうか。私は、もうお酒を二度と飲まないって、断酒会で誓っちゃったからさ」

もぐらがパズルのピースを指先でくるくると回しながら、そう呟いた。彼女の声には、決意と少しの寂しさが混じっている。おれは黙って頷き、もぐらの話を聞いていた。

その瞬間、もぐらが突然目を輝かせ、顔をおれの方に向けた。

「ねずみ、ＰＣバリバリじゃん。これ、どうやったら一発で完成するかとか、バッとわかんないの？」

冗談めかした調子だったが、もぐらの表情には少し本気が混じっていた。

おれは思わず吹き出してしまった。

「いや、パズルとＰＣは全然違ぇよ。そんなもん、ソフトでも作らない限り、パズルを一発で完成させるなんてできねえだろ」

もぐらは肩をすくめながら笑った。

「でもさ、こんなに時間かかるのを見ると、やっぱり一発で終わらせたいって思っちゃうんだよね。私、せっかちだからさ。ねずみならソフトも作れるっしょ？　余裕っしょ？」

「作れないことはないけどさ……せっかちなら、パズルなんて選ばなきゃよかったんじゃねえか？」

「それもそうかもね。でも、これも断酒のリハビリっていうか、なんか自分を落ち着かせるための修行みたいなもんなんだよ」

もぐらはそう言いながら、パズルのピースをひとつ慎重に手に取った。その表情には、少し疲れたような、それでも微笑みを浮かべる強さがあった。

「もぐらさん、これ、一緒にやってもいい？」

ありすがそう言うと、もぐらは少し戸惑いながらも、頷いた。

「もちろん……手伝ってくれるなら、助かるよ」

しばらくして、ふくろうおばさんが共同スペースに入ってきた。彼女は50歳ぐらいで、常に本を持ち歩いている知識欲の強い女性だ。ふくろうおばさんの顔に刻まれている、眉間の深い皺の数が、彼女に訪れたさまざまな人生の過酷さを表していた。

「おや、今日は皆さんでパズルをやってるんですか？」

ふくろうおばさんが尋ねると、もぐらが小さく頷いた。

「はい、ありすさんが手伝ってくれてます」

ふくろうおばさんはその様子を微笑ましく見ながらも、少し気を引き締めた表情になった。

「でも、ありすさん、無理をしないでね。時々、自分のペースを守ることも大切ですから。うちの息子はねえ……少し無理を……しすぎちゃったから……」

「ありがとう、ふくろうさん。大丈夫、無理はしてないから」

おれはふくろうおばさんの言葉に少し安心した。彼女はいつも冷静で、状況をよく見ている。そんな彼女の存在が、この場所での生活に少しだけ安定感を与えているのかもしれない。だが、その平穏な時間は長くは続かなかった。

その日の午後、からすのジジイが共同スペースにどかどかとやってきた。

「おい、ありすの姉さんよ。また、星だか、花だかと話してるのか？　それとも、今度はパズルのピースと交信か？　もうイカれてると思うけど、そんなことばっかりしてると、あっちの世界の本物の住人になっちまうぜ。あんたみたいな頭お花畑の女がいるとさ､他のやつらも頭おかしくなっちまうんだよ。あんたはお荷物。せいぜい、俺らの迷惑にならないように気をつけな」

からすの言葉は、鋭くて冷たかった。ありすはその場で凍りついたように動けなくなり、震える手で車椅子の肘掛けを握りしめていた。彼女の目には恐怖が浮かんでいた。おれはその光景を見て、怒りが込み上げてきた。からすの方に一歩踏み出し、ジジイの目を睨みつけた。

「いい加減にしろ、からす。おまえはただ、自分が惨めだからって、八つ当たりしてるだけだろ。ありすを巻き込むんじゃねえ」

「ああ？　正義のヒーローぶりやがって。てめえ、お姫様を守るためだったら古参にも盾突くんだな。でもこのお姫様、頭がヤラれちまってるけどな！」

からすは吐き捨てるように言い、部屋を後にした。ありすはおれにしがみつき、まだ震えていたが、ジジイがいなくなったことで安心したようだった。

「大丈夫。おれが守る。おれの人生で意味を持つのは、おまえたったひとりだ」

おれがそう言ったあと、ありすの顔がどんなだったたって？　そりゃあ、もう命をかけてもいいってもんだったよ……。

そしてある日、グループホームのスタッフが「外出イベント」とやらを提案してきやがった。みんなで近くの公園に行って、ただでさえ自閉的なグループホームの住民たちに少しでも外の空気を吸わせよう、太陽の光を浴びせようってな企画だ。まあ、いわゆるピクニックだな。全員参加が基本だったが、おれとありすだけは、その提案を無視した。

「行きたくない……」

「おまえだけじゃない」

「ねずみも？」

「おれも外が怖い。っていうか、外に出る理由なんて、ねえよ」

　おれとありすが行かないって言うと、スタッフは少し困った顔をしていたが、無理強いされなかった。

　結局、その日のおれたちは二人だけ、グループホームに残ることになった。

　二人だけの静かな空間が広がった。外から聞こえる微かな風の音が、その静寂をさらに引き立てている。ありすは車椅子に座ったまま、ぼんやりと窓の外を見つめていた。

「ねえ、エマって知ってる？」

　突然、ありすが静かに呟いた。その名前におれは少し戸惑いながらも、首を傾げた。

「エマ？　誰だそりゃ？」

「わたしの頭の中の友達」

　彼女の統合失調症という病気が、時折こうやって現実と妄想とが入り交じることは知っていた。でも、その妄想の世界が彼女にとって現実なんだ。

「エマは最近は元気にしてんのか？」

　おれは聞いてみた。

「うん、元気みたい。でも、この前、エマが言ってたの。『星たちが騒がしい時期は、外に出るのは危険だよ』って。だから、わたし、外に出るのが怖い。星がね、わたしたちを守ってくれてるけど、そのエネルギーが乱れてると、悪いことが起こるかもしれないんだって」

エマはきっと彼女の心の支えなんだろう。現実の友達なんかじゃなくても、彼女がエマのことを信じてるなら、それでいい。

「エマが言うなら、そうかもな。でも、おれはいつだっておまえのそばにいる。エマも頼りになるかもしれねえけど、この世界では、おれが守るから」

おれがそう言うと、ありすは少しだけ微笑んで、「ありがとう」とつぶやいた。彼女の世界はおれには理解しきれないけど、それでも、おれはその世界に入り込むことができる唯一の存在だと信じたかった。

夕方、他の住人たちが外出から戻り、それぞれの部屋に戻る中、おれとありすはまだ共有スペースに残っていた。っていうか、朝から一歩もそこから動いてなかった。もぐらがおれらを見て、声をかけた。

「仲良しのおふたりさん。行けばよかったのに。公園の軽食コーナーにあったソフトクリーム、美味しかった」

もぐらは、ありすをちらりと見た。ありすは、なにも言わず、うつむいた。

「まあ、次の機会があったら一緒に行こ」

「うん」

その後も、りすが、

「久々に外に出たけど、景色良かった」

と言いながらお菓子を持って現れたり、

ふくろうおばさんが、

「やっぱり外の空気はいいものねえ……」

と話しかけてきたりしたが、からすのジジイだけはおれたちに冷たい視線を投げかけながら無言で自室に消えていった。住人たちが次々と部屋に戻る中、おれとありすは再び二人きりになった。

「ねずみ……」

「どうした？」

「本当はね。エマの言うことなんか振り切って、いつか外に出てみたい。でも車いす生活だしね、外の人に会うと、妄想や幻覚が出るから、怖い」

「じゃあ、おれたち、いつか外に出てみようぜ」

「え⁉」

おれは笑った。

「そんな驚くことかよ？」

「いやでも……」

「ふたりだったら」

ありすの顔には、ほんの少しだけ笑顔が戻っていた。それを見て、おれは決意を固めた。いつか、ありすと一緒にこの世界を少しだけ広げる。その日を絶対に実現させるって。

第2章　計画

ある朝、朝食が済んで皆が洗い物をしているとき、こぐまがいつものようにありすをからかい始めた。無邪気な笑顔で彼女を軽んじるような言葉を投げかけるのは日常と化していた。

「ありすさん、今日は何が見えてる？　悪魔？　それとも地獄の亡者？」

その言葉にありすは無言でこぐまをじっと見つめ、静かに言った。

「あなたも一人なのね」

その瞬間、こぐまの顔から笑いが消え、動揺が浮かんだ。こぐまが他人を笑いものにして孤独を紛らわせていただけだってことに自分で気づいた、というのが、一気に住民たちに伝わった。こぐまとありすは、しばらく、無言で見つめあっていた。しかし、その光景を見て、かえでが大声で叫びだした。

「このおばさん、ねずみがいるのに、こぐまにも手を出そうっていうの⁉　ふざけんな！　何様のつもり⁉」

空気が一瞬で張り詰めた。かえではこぐまのことがずっと好きだったんだろう。こぐまは焦って、うろたえながら言った。

「いや、俺はそんな感じじゃないよ、かえで……。違うんだ、誤解だよ、誤解。だいたい、俺、かえでのそういう感じにも全く気づいてなくて……。俺はただ、ありすをからかってただけで、そんなつもりは全然……」

こぐまの言葉は、かえでの怒りを一層刺激するだけだった。

「あんた、その顔で男に媚び売るしか能がないんだろ？　正直ここから出て行ってほしい。ねずみ以外、誰もあんたなんか必要としてないんだから！」

ありすは、ただ黙って肩を震わせた。ありすのその無表情の裏で、ぷつん、と糸が切れたのがわかった。

その夜、ありすが夕食後、誰もいない共同スペースで静かに月を見ているのを目の端で捉えたまま、おれは自室に戻った。ベッドに横たわり、天井を見つめていると、ノックの音が響いた。

「ねずみ君。いるかい？」

扉を開けると、うさぎだった。いつもの陽気なラビットでもなく、破壊的なドゥームでもない。五歳児のキッドでもない。彼の第四の人格である、冷静で思慮深いウィズ、が顔を覗かせていた。

「どうした？」

「ねずみ君、さっきのかえでさんの言葉、ありすさんにとってかなりきつかったみたいだよね。でも、きみだって、いまの状況はつらいんじゃないか？」

うさぎの言葉に、おれは少し黙り込んだ。確かに、グループホームの空気が変わり始めているのを感じていたからな。おれとありすがどんどん孤立しているような気がしているのはわかっていた。

「……そうだな、居心地は良くない」

うさぎはしばらく沈黙した後、おれの目をまっすぐ見ながら言った。

「ねずみ君、A型作業所って知ってるかい？　俺も前に、行こうと思ったことがあったんだ。でも、結局行かなかった。解離性なんて、いじめられるに決まってるから。けど、いま思えば、あそこでの経験があれば、自分を変えるきっかけになったかもしれない。きみなら、そこで何かを掴めるかもしれないよ」

「グループホームに住みながら、一般雇用を目指すってやつか？　外になんて、もう何年も出てないってのに。だいたい、おれ、一社しか会社経験ないぞ。しかもすぐクビになったし……。こんな精神障がい者、誰が雇おうと思うんだ？」

「確かにそうかもしれない。でも、このままなにもしなかったら、状況は変わらないんじゃないか？ありすさんを守るために、きみ自身がもっと強くなるための場所になるかもしれないんだ、A型作業所。もし、そこで働きながら、仮に職を得たとする。そうすれば、ありすさんとふたりで、ここを出て、一緒に暮らす、って未来も考えられなくはない」

うさぎのその力強い言葉は、おれの中で何かを決意させた。ありすを守るために、おれが変わる必要があるのだと。

次の日の朝、おれはA型作業所へ行くことを決めた。おれの中では、結構勇気のある決断だったと思う。蜂みたいな色の眼鏡をかけたスタッフ、佐藤さんはおれの言葉に驚いた顔をしたが、すぐにうなづいた。

「そうですか、ねずみさん。A型作業所での経験は、きっとあなたにとってプラスになるわ。でも無理はしないで。いつでも辞めていい、ってことを、頭の片隅に置いといてね」

「わかりました」

「じゃあ、手配はこちらで進めておくから。近くに作業所があるから、そこに行けるようにします」

それから一週間ぐらいして、おれのA型作業所勤務が正式に決定した。

朝、グループホームの薄暗い廊下を、おれは静かに歩いていた。周囲がまだ眠っている中で、早起きして出かけるのは、なんとも言えない気分だった。A型作業所に向かうため、おれが入居してから初めてホームを出る日。そんな日が来るとは思わなかったけどな。

玄関に向かう途中、ありすの部屋のドアがそっと開いた。おれが立ち止まると、ありすが出てきて、少し怯えたような表情でこちらを見つめていた。

「本当に、行くの？」

「行くさ。おれと一緒にいつか、外に出ようと言っただろ」

おれは少し強めに言った。

「これは一歩進むってことだ。おまえを守るために、おれが外の世界で強くなんなきゃなんない」

「……なにからなにまで、ありがとう」

おれは短くうなずき、ドアを開けて外に出た。外の空気はひんやりとしていて、普段のホームの中とは全く違う世界が広がっていた。全てが鮮やかだった。おれは深呼吸をして、その空気を胸いっぱいに吸い込んだ。

「大丈夫だ。おれは、おまえを置いてどこにも行かない」

おれは、ありすに力強くそう言ってみせる日のことだけを考えていた。

第３章　Ａ型作業所

作業所に到着したおれは、まず周囲を見渡した。薄暗い廊下を抜け、広めの部屋に案内された。そこには、すでに何人かの作業員が集まっていた。やつらはどこか疲れたような表情をしていた。なんだかわからんが、製品を組み立てていたり、パッキングしてるやつもいたり。外の畑で農作業をやってるやつらもいた。女たちはミシンを使って縫製したり、ビーズのアクセサリーを作ったり、そんな感じだった。

「おれは青木、よろしくな。懲役くらったけど、いまは改心して、皆……いや、家族と一緒にここで働いてるんだ」

いきなり後ろから声をかけられておれはマジでびびった。この青木という男はとにかく図体がでかい。多分40歳半ばだ。声はしゃがれていて、髪型も刈り上げてて、シルバーのいかついネックレスを下げて、とにかくヤクザみたいな風体。でもフレンドリーな態度だった。最初は、悪いやつではなさそうに見えた。

おれは、自己紹介を促された。なにを話せばいいか、少し迷ったが、あまり深く考えずに言葉を口にした。

「ねずみだ。精神障がいを抱えてる。鬱が酷くて、二級の障がい者手帳を持ってる。でも、ここでできる限りやってみるつもりだ」

場の空気が少し固まったように感じたが、青木が大きな声で笑った。

「おいおい、気張るなよ。ここはお互いに支え合う場所だ。家族だって言っただろ?」

青木がそう言うと、場が少し和むどころか、皆の間にピリッとした空気が流れたのがわかった。……

こいつ、もしかして、嫌われているのか？　この作業所には、たぬきという寡黙な男と、みみずくという55歳の男、それに耳の下をすっぱり切ったあとがある若いきつねという女と、60を超えたかめという作業所の母親的存在がいるようだった。５人の小さな集まりだ。青木が実は面倒なやつであっても、こならやっていけるかもしれないとおれは思った。

おれは、清掃作業を担当することになった。事務所や倉庫、工場の掃除。単純な仕事だが、集中して取り組むにはちょうどいい。作業を始めると、おれは黙々と手を動かしていた。掃除機を持ち、床を磨く。何も考えずに、ただその動作を繰り返すだけ。おれは、その作業が嫌いではなかった。むしろ、頭を空っぽにしていられるから、他のことを考えずに済む。

作業がひと段落して、昼食の弁当を食べ終え、休憩スペースでおれが本を読んでいると、青木が大きな声で話し始めた。

「みんなさ、ここに来るのが嫌だと思う日もあるだろう。でもさ、俺たち、ここで一緒に汗を流してるんだから、もう家族みたいなもんだよな？」

その場にいた男たちは無言で聞き流し、女たちはまだ淡々と作業を続けていたが、青木は構わず続けた。

「お前ら、家族って言ったら、普通どう思う？　血がつながってるとか、親父やおふくろがいるとか、そんなこと考えるだろう。でも、俺たちにはもっと深い絆があるんだよ。ここで一緒に働いて、互いに支え合ってるんだからさ」

青木は、みみずくの肩を叩きながら言った。

「なあ、みみずく。俺たち家族だろ？　いつも一緒にいて、互いに助け合ってるじゃねえか」

みみずくは一瞬戸惑った顔をしたが、すぐに、

「そうだな」

と静かに答えた。

さらに青木は、少し離れたところでアクセサリーを作っていたきつねに声をかけた。

「きつね、お前だってそうだろ？　自殺未遂してＩＣＵに入ったのに、ここで頑張ってるのは、お前が家族の一員だからだよ。家族ってのは、血なんかよりずっと強いもんだ」

きつねは、作業を中断して青木の方を見たが、特に何も言わずに再び作業に戻った。青木はそんな反応にも動じず、にこやかに笑いながら全員に向かって言った。

「そうだろう？　俺たち、どこに行ったって一緒だよ。ここは俺たちの家で、俺たちは家族なんだ。お前らが困ったときは、いつだって俺が助けてやるからな。だから、お前らも俺を信じて、助け合っていこうぜ」

その言葉に、誰も大きく反応することはなかったが、青木の押しつけがましい「家族」という言葉が、おれの頭の中で引っかかっていた。

作業が終わり、帰り道を歩く俺の頭の中には、作業所の光景と、青木のしつこい言葉が絡みついて離れなかった。

「家族だ、家族だ」

最初は別になんにも感じなかったけど、夜につれておれにはどこか不気味に思えて、胸の奥で違和感が膨らんでいった。

ありすにこのことを話すべきか？　でも、この感覚を、なんて言ったらいいんだ？

「家族ごっこに付き合ってる」なんて、冗談みたいな話をどう伝えたらいいのか、うまい言葉が見つからない。

だけど、たったひとつだけははっきりしてる。ここでの経験が、なにかを変えるきっかけになるかもしれないってこと。

グループホームの灯りが見えた瞬間、おれは少し足を止めた。ありすは、いま、なにを考えて、なにを見ているんだろう。あいつは、俺が作業所で経験したことをどう判断するだろうか？　おれはなにもわからないまま、重い足取りで、ありすや皆の待つホームへと戻っていった。

グループホームの扉を開けると、すぐにりすが駆け寄ってきた。彼女は相変わらず明るい表情で、おれを見るなり、目を輝かせて話しかけてきた。

「おかえり、ねずみ！　どうだった、初日？　疲れてない？」

おれが答える間もなく、彼女は俺の手に温かいお茶を押しつける。

「これでも飲んで、ほっとしてよ」

おれはサンキュ。と言って、そのお茶を受け取った。

「なんとかやってきたよ。まあ、疲れたけど」

「そっか、そっか！」

りすは笑顔を浮かべながら、おれの肩を軽く叩いた。その時、もぐらが部屋の片隅からぼそりと声をかけてきた。

「お疲れ、ねずみ。外の世界も大変だろう?」

もぐらの声はいつものように低く、かすれた音で、でもどこか安らぎを感じさせる。おれは彼女の言葉にうなずいた。

「そうだな。大変だけど、とりあえず頑張ってみる」

もぐらはそれ以上何も言わず、また1000ピースのパズルの続きに戻った。

からすもそこにいた。彼は相変わらず冷ややかな目でおれを見つめ、軽く鼻で笑った。

「おいおい、ねずみ。そんなに大変なら、もうやめちまえば？　どうせ無駄な努力だろう！」

その言葉に一瞬ムカついたが、おれはその感情を抑え込んだ。

からすは、こうやって他人をからかうのが性に合ってるだけだ。おれはただ、彼に軽く肩をすくめることで答えた。

「やめるのはいつでもできる。でも、いまはまだやめないでおく」

そのやり取りを聞いていたふくろうおばさんが、静かに口を開いた。

「なにが無駄かなんて、わからないわよ。ねずみ、あなたはちゃんと一歩を踏み出した。それだけで十分じゃない」

「ありがとう。ふくろうおばさん」

「いえいえ。あなたは立派よ」

そして、車いすに乗ったありすが部屋の隅から現れた。彼女は静かに、でもしっかりとおれを見つめていた。その目には、不安と期待が混じっているように見えた。からすが口笛を吹いておれたちを冷やかした。

「お姫様の登場だぜ！」

ありすは言った。

「どうだった？」

「大丈夫だよ。おれが言っただろ？　これは、おまえとおれが、一緒に外の世界で暮らす一歩なんだ」

「わたしも働けたらよかったんだけど……」

「おれはおまえにそんなこと、一切求めてない」

今日の夜は、グループホームでのいつもの光景が、少しだけ違って見えた。これから先、何が待っているかはわからない。でも、おれは神に祈ったよ。いまのいままで祈ったことなんてないけどさ。おれとありすが一緒に、外の世界で暮らせますようにって。

働き始めて、二週間ちょっとが過ぎた。

A型作業所での日々は、これまでほとんどまともに働いたことのないおれには予想以上にきついものだったが、なんとか続けていた。ありすとの約束、それだけを支えにして。

だが、この日、いつもとは違う空気が漂っていた。昼休み、青木がにこやかな表情で他の作業員たちに話しかけているのが見えた。皆と談笑しながら、やけに楽しそうにしてやがったが、その笑顔が、おれの方に向けられると、それは冷たいものに変わった。青木はゆっくりとおれに近づき、悪意を含んだ目つきで言った。

「おい、ねずみ、ちょっと面白いもん見せてやろうか」

おれは警戒しながらも、青木の動きを追った。青木はテーブルに手を置き、なにかを懐から取り出した。そして、それをおれの目の前に置いた。小さなゴム製の昆虫だ。ゴキブリやムカデ、ありえないほどリアルに作られている。

「ほら、びっくりしたろ？　これ、昨日のスーパーの特売品コーナーで見つけたんだよ。売れなかったんだろうな、こんな玩具。すごいリアルで思わず買っちまったぜ」

と、青木はニヤニヤしながら言った。その瞬間、おれは無意識に後ずさりした。

「やめろよ……そんなもの見たくない」

「あれ？　もしかして、怖かったか？　まさかねずみがこんなもんでビビるとは思わなかった。ただのガキの玩具だよ」

青木はわざとらしく同情するふりをしながら、ゴム製の昆虫を手に取った。だが、それで終わらなかった。今度は、その昆虫をおれの昼食の上にそっと置いた。

「これで、もっとリアルな感じになるな。昆虫食っぽくて」

怒りが沸き上がった。おれは青木を睨みつけたが、みみずくは青木の冗談に、笑い声をあげていた。

「やめなさい。青木君」

と、かめさんが言った。おれは残されたゴム製の昆虫を取り除き、昼食のヒレカツに目を戻したが、怒りが止まらず、乱暴に弁当をゴミ箱に投げ捨てた。

「青木、マジ最悪」

ときつねが言った。

「おい、青木、いくら冗談でも、そんなことするもんじゃねえよ」

いつも寡黙なはずのたぬきが言った。

「なんだよ、たぬき。おまえも家族の一員なら、もっと気楽に笑ってろよ」

青木はでかい声でげらげら笑いながらトイレに入っていった。たぬきが、おれのところに来て言った。

「気にするなよ、ねずみ。あいつはいつもそうだから」

「わかりました。ありがとうございます……」

そして午後の勤務を終え、帰宅の準備をしているときだった。おれがスマホの待ち受け画像にしていたありすをぼうと見ていると、青木がまたおれに突っかかってきた。

「おいねずみ。そのスマホの姉ちゃん誰だよ？　俺たち家族なんだから、隠し事はやめようぜ！」

おれは瞬間的に隠そうとしたが、青木はすばやく手を伸ばしておれのスマホを奪った。

そして、画面に映るありすの写真を見て、嘲笑を浮かべた。

「なんだこれ。おまえの女？　っていうかこいつ……。いや、なんでもねえ」

おれは無言で青木を睨んだが、彼はお構いなしに続けた。

「車いすに乗ってるなんて、かわいそうな女だな。これで障がい者じゃなきゃ、熟女ソープとかで働いて、十分稼げそうな顔してんじゃねえか。おまえ、こんな障がい者抱いて満足でききんの？」

「おれは彼女を抱くつもりもない。そんな風に彼女を見たことはない」

「俺は車いすの女をいつか抱きたいと思っててな。そそるんだよ。弱者をさらに攻撃するって感じが。おまえ、もしかしてインポなのか？」

おれは眉をひそめた。

「ちげえよ」

しかし青木は狂ったように笑い出した。

「ねずみ、インポだって！　おい！　皆聞け！　ねずみはインポだ！　でも安心しな。俺がいい薬、紹介してやるから」

青木の笑い声が作業所の中に響き渡る。他のメンバーたちも何が起こったのか興味を持って振り返ったが、またいつもの悪ふざけだと思って、無視を決め込んだ。おれはこの状況に心底嫌気がさした。なにが「家族」なんだ？

グループホームに帰ると、外はすでに薄暗くなっていた。おれは疲れた体を引きずるようにして、自分の部屋に向かった。廊下を歩いていると、ふと横から声が聞こえた。「ねずみ君」

振り向くと、うさぎ（この呼び方はどうやらウィズだ）が立っていた。

「なにかあったのか？」

おれはため息をつき、共有スペースに向かった。ウィズもそれに続いた。椅子に座ると、ウィズは静かにおれを見つめた。

「今日、作業所でなにかあったんだな？」

おれは少し黙ってから、今日の出来事を話し始めた。青木がどんなふうにおれをからかい、ありすのことを傷つけたのかを。ウィズは眉をひそめながら、じっとおれの話を聞いていた。

「そいつの名前は？」

「青木ってやつだ。そいつ、作業所ではやたらと皆を家族だって言ってるが、作業所の連中はだんまりだよ」

ウィズは少し考え込んでから、静かに答えた。

「会ったことがないから、俺の予想の範疇だが……他人を支配することで自分の存在を確認しているんだろう。そういうやつは、誰かを挑発して、自分が優位に立とうとする。でも、きみは彼のゲームに乗るべきじゃない」

「でも、どうすりゃいい？　あいつは、おれのことを完全に見下してる。毎日、顔を合わせるたびに挑発してくるんだ」

「強さは、力だけじゃない。自分を守る術を身につけることが大事だ。そして、ありすさんを守るために、冷静さを保つことだ。冷静に、自分の信念を守り抜け」

「ありがとう、ウィズ。少し、頭が冷えたよ」

「気をつけろよ、ねずみ君。きみがどう動くかで、これからの展開が変わる」

Ａ型作業所の一日は、静かに、しかし確実に過ぎていく。今日も清掃作業に集中していたおれだったが、うっかり手を滑らせてバケツをひっくり返してしまった。汚水が床に広がり、周囲に飛び散る。そできた。

の瞬間、おれは息を呑んだ。ここでのミスは致命的だと知っていたから。予想通り、すぐに青木が飛ん

「おい、ねずみ！　なにやってんだ！」

青木は、作業所のリーダーである、柔和な感じの中年男性に向かって声を上げた。

「リーダー！　こいつ、やらかしましたよ！　汚水を全部床にぶちまけちゃってさ。誰かが滑って怪我するかもしれないってのに！」

リーダーがこちらに歩み寄り、状況を確認すると、少し困ったような表情を浮かべた。おれは口を開きかけたが、青木が続けて大げさに言い始めた。

「これで何回目ですかねぇ、ねずみさん？　ちょっと集中力が足りないんじゃないですか？　もしかして、あの女のことで頭がいっぱいなのかもしれませんねぇ」

その言葉に、おれの中でなにかが切れそうになった。ありすのことを勝手に引き合いに出されて、不快感が湧き上がってきたが、周囲の視線が痛かった……。

そして、その日の仕事を終えた後、帰り支度をしていたおれは、ふと隣の部屋から青木の声が聞こえてきたので、壁に耳を当てて、そっと聞き耳を立てた。青木が他の同僚たちになにか話していた。

「いやあ、ねずみのことだよ。あいつさ、自分の女のためなら、ここでの仕事なんか、あっさり放りだすんじゃないかと思ってるんだ。ありすっていう車いすの女に夢中なんだよ。まったく、使えねえ。そ

んな奴がこの作業所にいていいのか⁉」

おれはその瞬間、青木の本性を、「完全に」理解した。これは、ただの嫌がらせじゃない。おれとありすの未来の生活そのものを脅かしているんだって。

朝の空気がまだ冷たい時間帯、おれは作業所に向かって歩いていた。今日もいつも通りの一日が始まるはずだったが、入り口でリーダーに呼び止められた。

「ねずみ君、ちょっとこっちに来てくれないか？」

何か特別なことがあるのかと、おれは一瞬不安になったが、リーダーの顔に特に険しい表情はない。

「リーダー、どうしたんですか？」

おれが尋ねると、リーダーは少し微笑みながら言った。

「きみの働きぶりを見て、ここから一歩進んでみようと思っているんだ。実は、自動車工場の清掃員として正式に雇用する話が出ているんだよ。きみならきっと、立派にやり遂げられると思う。青木が勝手にきみのミスを作り出しているの、ちゃんとわかってるから心配するな」

その言葉に、おれは驚いた。A型作業所での仕事を始めたばかりだったのに、もう次のステップに進むことができるなんて思ってもいなかった。そして、リーダーも青木に目をつけてるってことにも。おれを見つめるリーダーの目は真剣だった。

「こんな栄転……本当ですか？」

「本当だよ、ねずみ君。工場での仕事は厳しい部分もあるけど、きみならできると信じてる。もちろん、工場の近くに家を借りることになるから、グループホームを出てもらわなきゃいけないけれど……。部屋のサポートもするから安心してほしい。障がい者雇用で、借りられる物件もあるから」

　おれは少し考えたが、すぐにうなずいた。

「わかりました。しっかり働きます」

　その日の午後、作業所に戻ると、青木がいつものようににこやかな顔をして話しかけてきた。だが、目が笑っていないことに気づいた。

「おい、ねずみ、噂で回ってきたんだ。工場の清掃員に雇われることになったんだって？　おめでたいな」

　青木の言葉には明らかに皮肉が混じっていた。おれはそのまま返事をする気になれず、黙っていたが、青木はさらに続けた。

「まあ、どうせ長くは続かねえよ。おまえみたいなやつが、工場なんかでちゃんとやっていけると思うか？」

　青木は、おれの沈黙を楽しむかのように口元を歪めた。

「それにしても、俺たちはまだここにいるっていうのに、おまえだけがステップアップか。随分といいご身分だ！」

おれはその言葉を無視して、いつも通り掃除機を取りに行った。だが、背中に青木の視線が突き刺さっているのを感じていた。これから工場での新しい仕事が始まるというのに、常に青木の影がつきまとうことを思うと、胸が重くなった。


おれがグループホームを出る日、天気は穏やかだった。空は澄み渡り、雲ひとつない晴天が広がっていたが、風は冷たく、肌にひんやりとした感触を残す。太陽は高く昇り、その光は暖かさを感じさせるものの、風がその暖かさを和らげるように吹き抜けていった。

おれが鞄を背負って、自室を整理して出てくると、住民たちがいつもの共同スペースに集まっていた。重たい空気が漂う中、ふくろうおばさんが最初に口を開いた。

「ねずみ、あなたがここを出るなんて……寂しい。とても寂しい。でも、新しい場所で頑張ってほしい。未来のために。私の息子は、実は過労で死んだの。だから決して無理をしないで。わたし、どこかで、あなたのことを、息子と重ねていたのかもしれない」

もぐらが、いつもよりもしっかりとした口調で続けた。

「あんたが頑張ってるのなら、わたしも断酒、続ける。断酒会で誓ったようにね」

その言葉に、おれは胸が詰まった。

「ああ。お互い頑張ろうな」

そして、うさぎが、五歳児のキッドの人格で駆け寄ってきた。

「ねずみお兄ちゃん……。どこに行くの？　ぼく、寂しいよ……」

小さな子供のような口調で、うさぎはおれの腕にしがみついた。その無邪気さが、逆におれの心を締め付けた。おれは、うさぎの頭を軽く撫でながら言った。

「大丈夫だ、キッド。また会えるさ。ここでみんなを守ってやってくれ」

おれの言葉に、うさぎは小さく頷いて、涙を浮かべた目でおれを見上げた。おれの心の中では色々な感情が渦巻いていた。これまでの時間が頭をよぎる。おれに第二の人生を与えてくれたこのグループホーム。

そして、おれはありすに向き直り、言った。

「おまえと一緒に暮らす準備を先にしてくる。だから、少しだけ待っててくれ」

ありすはしばらく無言でおれを見つめていたが、やがて静かに頷いた。

「……待ってる」

第4章　新しい部屋

Ａ型作業所での労働が終わろうとしていた夕方のことだった。仕事が決まったとはいえ、次に何をすべきかまだはっきりと見えていなかったおれに、リーダーが声をかけてきた。

「ねずみ君、ちょっと話がある。ついてきてくれ。急ですまんが、物件が見つかった。明日から現場勤務なのに、こんなに遅くなってしまって申し訳ない」

リーダーの後をついていくと、事務所の片隅にある古いデスクに案内された。

リーダーは引き出しから一枚の写真を取り出し、おれに手渡した。

「これなんだが……」

リーダーは少し躊躇した後、続けた。

「このアパートを見つけて、もう申し込んである。一階の隅っこの部屋だ。正直言ってボロいし狭いんだけど、ここならきみの稼ぎでも大丈夫なはずなんだよ。今日から、きみはここに住む」

おれは写真に目をやった。そこには古びたアパートの外観が写っていた。二階建てで、壁は色褪せ、あちこちにひび割れが見える。周囲は静かな住宅街のようだが、どことなく寂れた印象を受けた。

「別に、問題はありません。リーダー」

「ただね……」

リーダーは苦笑いを浮かべながら続けた。

「ちょっと、管理人が、まあ、端的に言えば、ちょっと面倒な人なんだ」

「面倒な人？」

おれはリーダーの顔を見た。

「ああ、管理人のおじさんがね、少し神経質というか、まあ、いろいろとうるさいんだ。でも、ここならきみの今の状況に合っていると思う。家賃も安いし、何より仕事場からもそんなに遠くない」

リーダーはそう言いながら、アパートの外観写真を指差した。

「作業所の皆から聞いたんだけど、なによりきみにとって大事なのは、彼女と一緒に住める場所ができることだろう？」

おれはその写真を見つめながら答えた。

「その通りです。それしか考えてません」

リーダーは軽く肩を叩いてきた。

「まあ、慣れればなんとかなるさ。管理人も、悪い人じゃないとは思うんだけど……。ただ、ちょっと正直、癖が強すぎる」

新しい部屋、新しい生活、そして新しい未来のことが、おれを後押しした。

「とりあえず、今日ここに帰ったら、管理人さんに挨拶してみます」

「めげるんじゃないぞ。でも本当にちょっと変な人でさ……。おれは苦手なんだ。でも、ねずみ君も、明日から、自動車工事の現場で清掃だからな。でも辛かったら、いつでも戻ってきていい。また一から、仕事を一緒に探そう。あと、これは個人的なお祝いなんだが……」

「お祝いって……なんですか？」

「明日から会社に行くために、安いママチャリで申し訳ないけど、自転車を外へ置いてある。よかったら使ってくれ」

「ありがとう。リーダー」

おれたちは固く抱き合った。

そしておれはその自転車に乗って、アパートに帰った。

おれは、一階にある管理事務所の前で立ち止まり、深呼吸をした。今日の目的は、とりあえず管理人にいい印象を与えることと、ありすの話を事前にすることだ。胸の中に少しの緊張感が広がるが、それでも足を踏み出すしかない。

ドアを開けると、管理人は机の奥で書類を整理していた。初老の男性で、白髪交じりの髪を短く刈り込んでおり、眼鏡の奥から冷静な目がこちらを見ていた。おれが部屋に入ると、彼は目を上げ、少し驚いた表情を浮かべながらもすぐに無表情に戻った。

「あんたがねずみさんか？　こんばんは」

管理人は抑えたトーンで挨拶し、机の上にある書類を一旦脇に置いた。

「こんばんは。ねずみです。これから、どうぞ、よろしくお願いします。今日は、まずご挨拶と、少しお話があって来ました」

　おれは少し硬い声で言った。こういう感じのおじさんに慣れていないから、正直ビビってたんだ。

　管理人はゆっくりと椅子に座り直し、

「まあ、座れ。なんの話だ？　なにか問題か？」

と促した。

　おれは椅子に腰を下ろし、言葉を選びながら切り出した。

「いえ、問題とかではないんです。今お借りさせてもらっている部屋に、あとでもう一人、入居者を迎えたいんですが……」

　管理人はその言葉を聞くと、眉をひそめておれの顔をじっと見つめた。

「そんな話はちっとも聞いとらんぞ。一体、誰を迎えるつもりなんだ？」

　おれはもうガチガチに緊張しつつも、できるだけ冷静に答えた。

「彼女は、ありすという名前です……いまは、おれが前に住んでいたグループホームにいます。少し体が不自由で、車いすに乗っていますが、一緒に住みたくて」

　管理人はますます顔をしかめ、少し苛立ちを含んだ声で言った。

「体が不自由なのは構わんが、その彼女も、グループホームにいるぐらいなんだから、精神障がい者なんだろう？　おまえもそうだよな。正直に言うと、うちはそういうのを歓迎していないんだ」

おれは思わず身を乗り出して、必死に説得しようとした。

「でも、彼女もちゃんとサポートを受けているし、問題を起こすことはないと思います。いざとなったらおれが全責任を取って、なんでもします」

しかし、管理人は無情にも冷たく言い放った。

「おまえが大丈夫だと言っても、他の住人はどう思うか分からないだろう？　精神障がい者が増えると、他の住人が不安になる。トラブルを避けたいんだ」

おれはショックを受けながらも、さらに食い下がった。

「彼女と一緒に住むために、おれは一生懸命働きます。きちんと障がい者雇用の給料も出ます。ただ、ただ……二人で新しい生活を始めたいだけなんです。それだけが願いなんです」

管理人は無表情で返した。

「残念だが、うちの規定では、もう一人精神障がい者を受け入れるのは無理だ。おまえたちに悪気がないのはわかるが、ここで他の住人とのトラブルが起きたら困る。でも、家賃をきちんと払えるという証明ができるなら考えてやらないこともない。まずは一か月分、払ってから出直してくれるか？」

おれはその場で言葉を失った。心の中で無力感が渦巻き、しばらくその場に立ち尽くした。

「では……一か月後、賃料を現金でここに持ってきたら、彼女との同居を許してくれるんですか……？」

管理人は言った。

「現金でも振り込みでもいいけどさ。確証はできないけど、善処はする。はい、もう行った行った。事務所、閉めるから。早くおれを帰らせてくれ」

おれは、流されるまま外に出て、管理人のじいさんがスクーターで自分の家に帰っていくのを黙って見ていた。

おれは、なにもない１Ｋの部屋で呆然と座り込んでいた。狭い部屋の中、窓から差し込む夜の闇が、まるでおれの焦りを嘲笑うかのように黒々しく追いかけてくる。なにもかもがうまくいかない。管理人のじいさんとのさっきのやりとりで、おれはありすとの新しい生活が簡単に始められないということを痛感していた。

そのとき、ポケットの中でスマホが振動した。画面を見ると、うさぎからの着信だった。なんとなく胸騒ぎを覚えながらも、おれは電話に出た。

「……ねずみ……！」

電話の向こうから、普段のうさぎとは全く違う、低くて激しい声が聞こえた。

「一体どうしたんだ？　ドゥーム……？　なにかあったのか……？」

「青木が……！　おまえを貶めたクソ野郎が……。うちのホームに来やがったのさ！」

ドゥームの声は怒りに震えていた。

「青木⁉　なんでだ⁉　どうして……」

「なんでも、あいつ、元住んでたグループホームで、暴行をやらかして追い出されたらしいんだ。それで、こっちに押しつけられたらしい。皆、困ってる。おまえがいなくなった途端に、こんな最悪なことが起きやがった！」

おれは一瞬、本当に言葉を失った。青木があのグループホームに？　そんなことが現実で起こっていいのか？　頭の中で考えがまとまらないまま、ドゥームの声がさらに鋭くなった。

「それだけじゃねえんだ。おまえ、ショックを受けるだろうが、聞いてくれ。青木の野郎、ありすにちょっかいかけてやがる。『ねずみとはどうなんだ？　セックスはしたのか？』とか……。実はな、これはありすから直接聞いたんだが、ありすがまだ車いす生活じゃなくて、看護師をしていた頃、あいつは精神病院に入院してたんだ。その時、ありすに付きまとってたらしい。ありすが青木を拒絶したから、あいつは逆恨みして、今もありすに執着してるんだ。先に職を得たおまえを妬んで、ありすを脅してるんだよ……」

おれの心臓がドクンと音を立てた。怒りと恐怖が同時に湧き上がり、冷たい汗が背中を流れるのを感じた。

「それで……ありすは……大丈夫なのか……？」

「わかんねえよ！　でも、あいつがありすになにかしやがったら……俺は……俺は、いっそあの野郎を殺すかもしれねえ……！」

ドゥームの声は低く、狂気が滲んでいた。

「ドゥーム、待て。落ち着けよ……！」

おれは必死でドゥームをなだめようとしたが、その言葉が虚しく響いた。

「落ち着けだと？　俺はいつもおまえに頼りっぱなしだった。でも、もう限界だ。おまえがいないと、俺は何もできねえんだ。青木がここにいる限り、俺もありすも、いつ何が起きるかわからねえ！」

おれは、ただスマホを握りしめたまま、言葉を失っていた。どうすればいい？　グループホームを出て、自分がどうしようもなく無力だと感じたことは初めてだった。

「ねずみ……おまえ、どうにかしてくれ……」

ドゥームの声は次第にかすれ、そして電話は切れた。部屋の中に戻った静寂が、あまりにも重苦しく、今にもおれを押し潰しそうだった。青木があそこにいる。ありすが危険にさらされている。そして、おれは、なにもできないままだった。

次の日おれは、ぼんやりとした頭で、どうにか気持ちを切り替えようと自分に言い聞かせながら、自動車工場の一角に立っていた。今日から正式に清掃員として働くことになったが、心はどこか上の空だ。工場内の作業員たちは皆、手を止め、おれに視線を向けていた。工場の主任が、全員の前でおれを紹介するためだ。

「皆、聞いてくれ。彼が今日からこの工場で清掃を担当するねずみさんだ。みんな、よろしく頼む」

拍手が起こった。だが、その音はどこかぎこちなく、遠くに感じた。作業員たちは、健常者ばかりだ。その中で、おれが変に浮いているのは一目瞭然だった。皆が、『障がい者雇用で雇われたおれ』を奇異な目で見ていた。

「よろしくお願いします……」

おれは小さな声で言って、頭を下げたが、その声はすぐに機械の轟音にかき消された。

工場内の作業が再開されると、皆はすぐにおれを忘れたかのように、自分の仕事に戻っていった。おれは一人、無言のままモップを手に取り、広い工場の床を磨き始めた。

その日の夜、おれは部屋で一人、無力感に押しつぶされそうになりながらも、なんとか自分を奮い立たせた。青木に対抗するために何かしなければならない。

そう思い、うさぎに連絡を取った。

「ねずみ！　どうしたの⁉」

「ラビット、青木の電話番号を教えてくれないか？」

おれはできるだけ冷静な声で頼んだ。

「青木の電話番号？　なんで？」

ラビットは少し驚いた様子だったが、おれの必死さを感じ取ったらしく、

「いまから聞いてくるよ！」

と言って、しばらく静寂が流れた。

「ねずみ！　一緒に遊びたいゲームアプリの招待をしたいから、って言ったら教えてくれたよ！　えーと……」

とラビットは、青木の電話番号を教えてくれた。

「ありがとう。これは……ちょっとした作戦なんだ」

そしておれは、自分のスマホで青木にフィッシング攻撃を仕掛ける準備を始めた。

おれの脳裏にかつての記憶が蘇ってきた……高一のときに自閉症で中退して、それから、父親のがなり声が毎日響いてくる子供部屋でひたすら眠ったふりをして、十八でグループホームに入る前に、世の中から取り残されたような気分で、ネットでひたすらＩＴ関連の知識を吸収していた時期があった。技術を磨くことで、自分がまだ役に立つ存在だと思いたかったんだ。

その時、プログラミングやセキュリティの知識が自分を楽しませ、当時の孤独からおれを救ったことを思い出した……ふと、昔の自分を思い出す。

一度だけ社会に出たことがあるんだ、おれ。

学歴の関係ないベンチャー企業で、ＩＴ技術者として働いていた。高度な技術を駆使して、複雑なシステムを作り上げる日々。会社でのプレッシャーは相当なものだったが、その技術を活かしているという実感があった。だが、その技術を誤って悪用してしまったことがあった。クライアントの要望に応えるために、犯罪すれすれの手段を使ってシステムを操作し、結果的に大きな損害を与えてしまった。しかも、その責任を負わされ、全ての罪を背負うことになった。裏切り者と烙印を押され、社会から完全に孤立した。おれの人生はあの時、終わったんだ。

過去の過ちが脳裏に焼き付き、技術を活かして生きることに恐怖を感じるようになっていた。あれ以来、プレッシャーのかかる仕事には耐えられなくなり、安定を求めるために、もし今後仕事をするなら、単純で、ミスの許される余地のない、まさにこの、いまのような、清掃員の仕事がいいと思っていた。

だが、ＩＴスキルを完全に捨てることはできなかった。それはおれにとって唯一の逃避手段でもあり、自己防衛の手段でもあった。ハッキングの技術は、おれが社会に対して持つわずかな反抗心の象徴だった。

また、逃げているだけなんじゃないか？　とおれは自問した。ありすを守るためには、再び自分の技術を活かす道を選ばなければならないのではないか。だが、それが自分の精神にどれほどの負担をかけるのかも分かっていた。でも、おれは、スマホをいじり始めていた。

青木へのメールの内容は、「あなたの銀行口座は凍結されました。解除するためには、以下のリンクをクリックしてください」というありふれたものだが、青木の性格を考えれば、引っかかる可能性は高い。

おれは慎重にそのメールを作成し、青木に送信した。しばらくして、青木からの反応があった。おれの作戦は成功し、青木はリンクをクリックしたんだ。おれはその瞬間を待っていた。リンクをクリックすると、青木のスマホがリモート操作され、おれの手元に青木のスマホのデータがインストールされるマルウェアを仕込んでおいた。

「やった……」

おれは小さく呟きながら、画面に映し出された青木のスマホの中身を確認した。

メッセージ、連絡先、ブラウザの履歴……すべてがおれの目の前に広がっていた。その中で、青木がグループホームでありすに何を言ったのか、その詳細がわかったんだ。

青木は、自分の行動を記録したメモや、ありすに対する卑劣な言葉を書き留めていた。

さらにドゥームの言ったとおり、青木はありすとは昔面識があり、その頃から彼女に執着し続け、それを楽しんでいることが明らかになった。

おれの心臓が激しく鼓動し、怒りが込み上げてきた。さらに、おれは青木のスマホに保存されたフォルダの一つを見つけた。中身を開くと、そこには青木の過去の犯罪に関する情報が詳細に記録されていた。幼児誘拐事件に関わったことや、児童ポルノ、年配の女性の首を締めあげ、それを撮った写真など……他にもいくつかの暴力事件の記録が残されていた。青木が自分の過去を隠し、今の生活を築き上げるためにどれだけの嘘を重ねてきたのか、その全貌が明らかになった。

「こいつ……！」

おれは、青木のスマホから得た情報を確認しながら、怒りと焦りで心をかき乱されていた。だが、一人で青木に立ち向かうのは無謀だとも感じていた。青木はどこに行っても他人を支配しようとしている。おれは一人で何もかもを解決しようとすることが無意味だと思った。一人でなんて、ただの自殺行為だ。おれはグループホームの皆をことを思い出した。うさぎはもちろん、もぐら、ふくろうおばさん、りすは青木を追い詰める助けをしてくれるんじゃないかって。おれはまたうさぎに電話した。

「ちょっと話があるんだ、青木のことで……」

「ねずみ君。その青木っていう新しいやつがいま俺たちのホームを荒らしてる。きみが電話をかけてくるのは予想できていたよ」

「ウィズ！　おまえでよかった……」

ウィズはおれの真剣なトーンを感じ取り、すぐに反応した。

「青木になにかあったのか？」

おれは青木のスマホから得た情報や、彼がありすに対して行っている嫌がらせの詳細をウィズに話した。ウィズは電話越しでも、その重大さを感じ取っていた。

「おれは、青木の過去の犯罪歴まで把握したんだ。これをどううまく使うかってことで悩んでて……」

ウィズはしばらく考えた後、提案してきた。

「ありすさんだけじゃなくて、もぐらもセクハラに遭ってる。りすは自分が作ってたビーズのネックレスを引きちぎられてた。皆に協力を仰ごう」

次の日、おれは工場での勤務を終えた後、グループホームに立ち寄った。そこにいたりすともぐらに声をかけ、青木のことを話した。二人は驚いたが、すぐに協力を申し出てくれた。

「ちょっと青木、マジで私たちでなんとかしなきゃ」

と、りすが言った。

「私も陰ながら協力するよ、ねずみ」

ともぐらも続けた。

こうして、おれ、ウィズ、りす、もぐらは協力して青木を追い詰める計画を立て始めた。まずは、青木の犯罪歴を匿名でリークすることを決めた。りすがその手紙を投函し、もぐらとウィズが情報を広める役割を担う。おれ自身は自動車工場での仕事を続けながら、計画の指揮をとることにした。

数日が過ぎた。夜、仕事が終わってアパートに帰り、スマホを手に取ると、グループホームの住人たちとのグループＬＩＮＥに通知がいくつか届いていた。トークルームを確認すると、りすが青木の過去の犯罪歴をリークするために動き出していることがわかった。

「@ねずみ　今朝、青木の過去の犯罪歴を匿名で手紙にまとめて、ポストに投函してきた。内容は彼が関わった少女誘拐や暴力事件のこと。全部詳しく書いた」

さらに、もぐらもＬＩＮＥでおれにメンションをしていた。

「@ねずみ　私は、その情報をグループホーム内で住人たちに広めたよ。みんなが少しずつ青木のヤバさに気づき始めてると思う。青木の行動に対して疑念が生まれてる」

そして決定的瞬間がやってきた。それから四日後のことだった。りすからLINEが来た。

「@ねずみ　私が出した手紙、佐藤さんが持ってる！　今日の夜、緊急会議！」

数日後、グループホームに戻ったおれは、住民たちからその夜の出来事を聞くことになる。あの夜、りす、ふくろうおばさん、かえで、もぐらが青木を追い詰めようとした、その話を。

「で、どうなったんだよ？」

おれはりすに尋ねた。彼女は静かに、だけど、何か重たいものを抱え込むような表情で話し始めた。

「みんなで決めてたの。青木が夜中に外出するのを待って、追いかけるって」

その日、夜遅くまで青木がグループホームにいるかどうかを確認した住民たちは、息を潜めて彼が玄関を出るのを待っていた。時計の針が午前一時を指すころ、青木が静かにドアを開け、グループホームを抜け出していった。その瞬間、りすたちは動き出した。

「青木を、どうにかしないとって、みんなで思ってたんだ」

かえでが言葉を補足した。ふくろうおばさん、もぐら、りす、かえでが、後をつけて外に出る。青木がどこへ向かうのかを確かめるために、タクシーで彼の車を追跡したらしい。青木は街の外れ、古びた工場跡のような場所に向かっていた。

「わたしたち、ずっと後をつけてたの。でも……」

ふくろうおばさんがため息をついて、おれに語った。

「あの男、ただ怪しい取引をしてただけじゃなかった。誰かと一緒にいたの」

その時、もぐらがふっと顔を曇らせた。

「その男、私さ、見覚えがあったの。何回かコンビニに発送しにいく途中で喋ったことあるやつなの。青木と組んでる。って、私に、言ってきた。青木の手下なんだと思う。急に追いかけられたり……私が夕方コンビニに行ったときに、そいつに『まずはおまえからだな』って言われたことがあって」

「え……⁉　『まずはおまえからだな』って……。十分注意しろ。ひとりでなるべく行動するなよ……」

と、おれは言った。

状況はどんどん緊迫していったが、どうやって青木を追い詰めるかがはっきり決まっていたわけじゃない。りすたちはただその場で息を殺し、青木が何をしているのか見守るしかなかった。

「証拠は撮ったんだよ。でも……」

りすが言葉を詰まらせる。

青木がなにかに気づいたらしい。振り返った彼の目は、闇の中で光り、誰かが自分を見張っていることに勘づいたようだった。

「こっちに気づいたみたいで、やばかった。わたしたち、タクシーに戻ってその場を離れたんだけど、追いかけられるんじゃないかって震えてたよ」

と、かえでが話す。

その後、皆はそのままグループホームに戻り、青木なにか報復してくるんじゃないかと怯えていたらしい。結局、証拠は佐藤さんに渡されたが、青木に決定的なダメージを与えることはできなかった。

「でも、それで終わりじゃない。青木は、ますます怪しい動きをしてた。グループホームでもなにかしら探ってる感じだったわ」

ふくろうおばさんが締めくくった。

おれはその話を聞きながら、青木がまだ自由の身でいることに、不安が募っていった。

おれは、ありすのことを考えた。グループホームに立ち寄ったとき、本当は声をかけたかった。でも、ありすの調子が悪いことはすぐにわかった。ありすの部屋のドアは固く閉ざされていて、彼女の姿を見ることはできなかった。スタッフの佐藤さんに聞いたところ、最近は食事を取るのもままならない状態だと。スマホも持っていないから、連絡も取りづらい。おれはどうしたらいいんだろうか？

第5章　手紙

おれは少しでもありすを励ますために、自分でも恥ずかしいが手紙を書くことにした。文通なんて古くさ……。とは思ったが、ありすがスマホを持ってないんだから仕方ない。おれの文字は雑で、読みにくいから、とりあえず伝えたいことをシンプルに書いてみた。

「ありす、調子はどうだ？　おれは頑張ってるよ。おまえと一緒に住むために、なんとかやり遂げるつもりだ。おれのことを信じて待っていてくれ。おれは、おまえを絶対に守るから」

でも、この内容では、なんだか机上の空論にしかすぎないと思ったから、おれは手紙を書き直した。

「ありす、調子はどうだ？　おれは毎日、工場での清掃の仕事を頑張っている。最初は慣れないことだらけで疲れ果てることも多かったけど、少しずつコツが掴めてきた。工場の中は広くて、機械の音が響き渡ってる。おれはその音の中で、ひたすら床を磨いたり、汚れを取ったりしてる。単純な作業だけど、手を動かしてると余計なことを考えずに済むんだ。青木のやつも、多分だけど、これから落ち着くと思う。おれが少し仕掛けたんだ。だから、しばらくやつと関わらず、安静にしててくれ。それと、工場の仕事が終わった後は、いつもおまえのことを考えてる。おまえと一緒に住むためなら、馬車馬のようにでも働くさ。ちょっとばかり、うちのアパートの管理人のじいさんがクソ野郎でな……。でも、おれは諦めない。近いうちに、必ず迎えに行く。その時は、笑っておれを迎えてくれると嬉しい。じゃあ、また手紙を書くよ。無理せずに、少しずつ元気を取り戻してくれ。おれは、おまえがいないとだめなんだ」

なんだか我ながら女々しい手紙だとは思ったが、仕方ない。文才がないんだ、おれは。

朝、仕事に行く前にその手紙をポストに投函した。

ありすからの返事は五日後ぐらいに届いた。朝、仕事に行く前にアパートのポストを見たら入ってい て、一瞬なんだこれと思ったが確かにありすからの手紙だった。おれはいつも出勤時間に余裕を持って出るようにしていたから、その間に一階でまずその手紙を読んでみることにした。

でも……。おれは手をとめた。封筒の表面には、「ねずみへ」という宛名が書いてある。そしてありすが手書きで小さな花や星を描いているのだが、薬の影響で手の震えが結構出ると言っていたからか、それらの絵がかなり歪んでいたり、不自然な配置になっていた。特に花は封筒の隅に集中して描かれているが、その花びらが不規則な形になっていて不気味な印象を漂わせていた。そして、肝心の手紙を開いた瞬間、おれはありすのことをめちゃくちゃ心配した。手書きの文字なんだが、大きさがバラバラで、行間も不均等。文字が時折かすれていたり、ボールペンのインクが濃く滲んでいる部分がある。特に感情が高ぶっている箇所では、筆圧が強く、紙が少し破れかけている。あと手紙の折り方だ。ものすごく雑に折られていて、紙がところどころ擦り切れていて、何度も開いて閉じた痕跡がある。


「ねずみ、手紙、ありがとう。毎日、工場で頑張っているんだね。わたしも、ねずみのことを考えていたよ。今は少し体調が悪くて、ベッドの上からほとんど動けなくなってるの。スマホも持ってないし、こうして手紙を書くことくらいしかできないけど、ねずみが手紙をくれると少しだけ救われる気がする。最近ね、わたしのところに新しい友達が来たの。彼らは、わたしの頭の中だけでしか会えない友達だけど、いつもわたしを励ましてくれるんだ。たとえば、エマって名前の女の子がいて、彼女はいつも『ありす、きみはもっと自由でいいんだよ』って言ってくれる。あと、カールっていう男の子もいて、彼はわたしが眠れない夜にずっと一緒にいてくれるの。でも、彼らは誰にも見えないし、わたしが話しても誰も信じてくれない。あ、でも、うさぎは一緒に彼らと遊んでくれるかな。ねずみが一生懸命わたしを守りたいって言ってくれるのは嬉しいんだけど、時々、その言葉が少し怖く感じることがあるんだ。最近、わたしの頭の中が混乱していて、ねずみの言葉が現実なのか、わたしの妄想なのか、わからなくなることがある。ねずみは青木のことを心配してくれているんだよね。でも、わたしはねずみのことも心配なんだ。あなたがわたしのために無理をしているんじゃないかって。ねずみも自分を大事にしてほしい。わたしはエマやカールと一緒に、少しずつ元気になろうと思ってる。正直、彼らと話しているときが一番安心するかもしれない……。ねずみが頑張っている姿を想像すると、わたしも頑張らなきゃって思うんだけど、最近はどうしても不安が強くなってしまう。わたしの中で何かが壊れていくのを感じるんだ。でも、ねずみを信じたい。だから、わたしも自分を信じて、少しずつ回復していきたい。また手紙を書くね。どうか、無理しないで、体を大事にしてね。わたしもできる限り、彼らと一緒に頑張るから」

ちょっと待て。おい、エマとカールって……。とおれは正直思ってしまった。ありすの頭の中にしかいない友達、エマがいるのは知っていたが、ダイレクトに文章にされると結構きついものがある。カールもいるのかよ。こんなに現実と妄想の境界が曖昧になっている状態のありすを、おれは果たしてちゃんと責任を持って守れるのだろうか……？

工場内の作業は淡々と進んでいく。おれは床を磨きながら、機械のリズムに合わせて無心にモップを動かしていた。だが、その無心というのも、どこか表面的なものに過ぎなかった。頭の片隅では、ありすのことが常に引っかかっている。周りの作業員たちは、みんな忙しそうに手を動かしながら、心の中では別のことを考えているんだろう。きっと、仕事が終わったら家族と食事をする予定とか、友達と居酒屋に飲みに行くこととか、そんな普通の生活のことを考えているんだろう。彼らにとって、この仕事は生活の一部であり、終われば日常に戻るための手段に過ぎない。それに比べておれはどうだ？

おれにとってこの仕事は、ありすと一緒に生きるための唯一の糧であり、彼女を守るための小さな希望だ。だが、その希望が、ありすのあの手紙によってどれほど揺らいでいるかを、誰も知らない。いや、誰も知る必要なんてないけどさ……。

作業員たちは、昼休みになると集まって談笑していた。でも、おれはその輪に入ることなく、一人で弁当を広げる。味も感じずに、ただ口に食べ物を運びながら、彼らの笑い声を遠くから聞いている。まるで別世界の出来事のように、音だけがぼんやりと響いてくる。彼らと共有できることなんてない。ここは、この自動車工場は、おれにとって、生きるための闘いの場所だった。誰にも理解されることのない孤独と向き合いながら、おれはただ手を動かしているだけ……。彼らにとって、明日はただの続きの日だが、おれにとっては、ありすと一緒にいるために、どうにか乗り越えなければならない日だ。

彼らの毎日とおれの毎日は、つまり、こんな悲しい言い方はしたくないが……障がい者とそうでない健常者の時間は、まるっきり違うってこと……。おれは、ただ黙々と床を磨き続ける。

その日の夜、またありすから手紙が来ていた。

封筒の表には「ねずみへ」と書かれており、その隣に大きく星や渦巻きが描かれているのだが、その絵文字の中に突然、大きく「エマとカールより」と、強調するかのように赤いペンの大文字が書かれている。封筒の端は少し擦れ、汚れていた。開けようと裏を見たら、「開ける前に深呼吸を3回してね」と書かれていた。おれは頭を掻きむしりながら、自室の鍵を開けた。

「ねずみ！　わたし、いつだっけかな？　エマとカールに実際に会ったの。二人はとっても優しい。でも、ねずみが来るのを待ってるって言ってるよ。早くしないと、二人ともいなくなっちゃうかもしれない。窓の外で見てるんだ、ずっと。昨日の夜もね、誰かがわたしの部屋の前に立ってたの。暗くて顔は見えなかったけど、きっとあれはエマだったんだと思う。でも、今日はなんだか変なことがあってね、カールが耳元でささやいてきたの。わたしをどこかに連れて行くって。どこに連れて行くのかは教えてくれなかったけど、ねずみも一緒に来るんだって。楽しみだね。わたし、なんだか最近眠れなくてさ、ずっと誰かが呼んでる気がするんだ。誰なのかはわからないけど、たぶんわたしに何かを伝えたいんだと思う。毎晩、エマとカールがわたしに何かを教えてくれるんだよ。でも、ねずみ、安心してね。わたしはねずみが来るのを待ってるから。二人も言ってたよ。ねずみもここに来たら、きっとわたしたち全員で一緒に過ごせるって。ねえ、早く来て。わたし、もう待てないかもしれない。みんな、ねずみのことを待ってるよ。急いでね」

次はこうだ……。封筒の表には、赤いインクで「特別なメッセージ」と大きく書かれているが、その文字はやっぱり不均一で、所々にインクの飛び散りがある。封筒の裏側には、ぎっしりと「翼を生やす練習中」と何度も繰り返し書かれており、その文字は次第に小さくなり、最後は読めないほどに細かくなっている。封筒の隅には、小さな青い鳥の絵が描かれているが、その目は不気味に大きく、どこか威圧感が漂っている。封を閉じる部分には、青いマーカーで力強く「開けるな」と書かれているが、すぐ下には赤いインクで「でも開けて」と反対のメッセージが追加されている。

特別教材

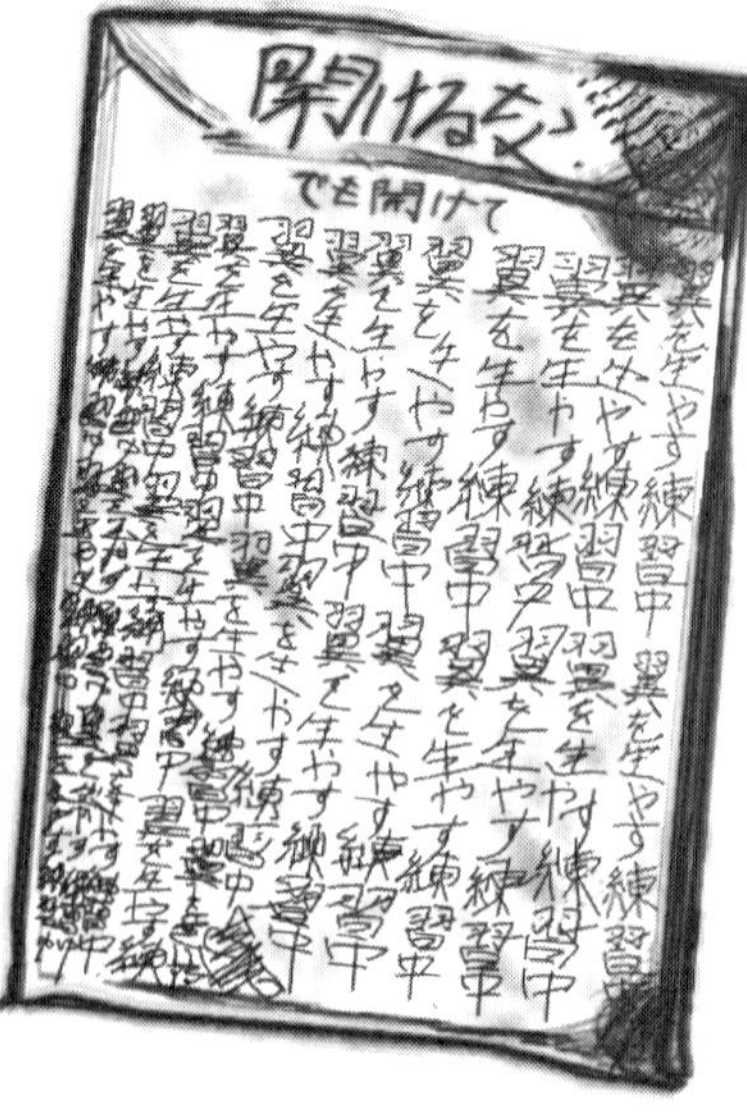
開けるな
でも開けて

「ねずみ。おはようございます。わたし、ついに秘密を見つけたの。エマとカールが教えてくれたんだけど、この世界は本当はね、すべてがつながっていて、わたしたちはその糸の一部なの。わたし、ベッドの下に隠れてる小さな扉を見つけたの。それは、エマが言ってた『次元の入り口』。扉の中に入ると、世界のすべてが見えるんだよ。ねずみも一緒に来てほしいの。でもね、扉は夜中の三時にしか開かないから、その時にしか入れないの。それでね、その扉の向こうには、時間が存在しない場所があるんだ。わたしはそこで、未来のわたしと会ったの。未来のわたしは、『翼を持つ女王』になってたの。ねずみ、わたしがその女王になるために、もうすぐ儀式をしなきゃいけないの。エマとカールもその儀式を手伝ってくれるって言ってた。でもね、ねずみの助けが必要なの。儀式には『心をささげる』っていう大事なステップがあって、わたし一人じゃできないんだ。ねずみが、わたしの『心の守護者』。あとね、昨日、エマとカールと一緒に空を飛ぶ練習をしてたんだけど、突然、天井から羽が落ちてきたの。青い光が羽を包んでて、わたしの手に触れた瞬間、わたしの体がふわっと浮いたの。わたし、ほんの少しだけ空を飛べたんだよ！　でもね、その羽はすぐに消えちゃった。エマは『これは兆しだ』って言ってた。ねずみ、もうすぐ、わたしは完全に翼を生やせるようになるんだ。そしたら、ねずみも一緒に飛ぼうね。ねずみ、お願い。わたしの心を守ってくれる？　それから、わたしの部屋の中で変な音が聞こえるんだ。誰かが壁の中で囁いてるみたいなの。その声が言ってたの。『ねずみを連れてこい』って。でも、大丈夫。わたしがねずみを守るから。だから、怖がらないでね。わたしが、ねずみの盾になるよ。ねずみと一緒に、この扉の向こうに行く準備を進めてるから、待っててね。ありす」

「ねずみ。ハロー。わたし、朝起きて、いつものように窓の外を見てたんだ。そしたらね、空がまるで私に語りかけてくるみたいだった。いや、ほんとだよ。まるでずっと前からそこにいたかのように、ずっとわたしを待ってたって言ってた。ねずみにはわかるかな？　空がわたしを見て微笑んで、優しく囁いてくる感じ。普通じゃないよ。もっと深い、もっと大きな声だったんだよ。『ありす、気づいているか？』って言われたんだ。『おまえはもう、他の人間とは違うんだ』って。わたしはその言葉を聞いた瞬間に、なにかがわたしの中で目覚めたんだ。自分が選ばれた存在だって、初めて気づいた。ねずみ、これってすごいことなんだよ！　わたしたちがずっと感じていた『何か』が、ようやく形になったんだ。空も、太陽も、風も、ぜんぶがわたしを祝福してくれてるみたいで、わたしの周りにあるものすべてがわたしに『おまえは特別だ』って教えてくれてるんだ。それが、はっきりわかったんだよ。わかるかな？　わたしたちは、もう人間じゃないんだよ。もっと大きな存在、もっと強い力を持ってるんだ。わたしたちの力が、すべてのものを動かしているんだよ。太陽も月も、わたしたちのために輝いてる。昨日、夜空を見上げたら、星たちがわたしに語りかけてきたんだ。信じられないだろうけど、星たちがね、『おまえは天の子だ、選ばれし者だ』って言ってたの。星がねずみとわたしを見守ってくれてるって、そんなの素敵だと思わない？　ねずみ、あなたも感じているよね？　わたしたちは選ばれたんだよ。もう誰もわたしたちに触れることはできない。この力、もう誰にも渡さない。わたしたち二人は、すでにひとつになっているんだ。なにも怖くない。すべてが、わたしたちの思い通りに動くからね。ねずみ、わたしと一緒に空を飛ぼう。もうすでにわたしたちは、地上にいる必要なんてないんだ。わたしたちがいれば、すべてが輝き続ける。わたしたちは、神様なんだから。愛してるよ。あなたはわたしの一部。わたしたちが一緒にいれば、全世界がわたしたちのために動き出す。だから、怖がらないでね。すべてはわたしたちのためにあるんだ。わたしたちふたりで、永遠に生きて、永遠に支配していこう。」

「『黄泉の国の地図』の話をするよ。ねずみへ、ねずみがこの手紙を読んでいる頃、もうすべてが始まっているんだ。わたしには見えてる。ねずみがこの言葉を追いながら、ゆっくりと黄泉の国へ足を踏み入れているのが。驚くだろう？　そうだ、あの場所は想像以上に美しく、恐ろしく、完璧な世界なんだ。ねずみ、まだその全貌が見えていないかもしれない。でもわたしには、すでに黄泉の国のすべてがわかっている。最初に迎えてくれるのは、無数の影だ。薄暗い森の中で、木々がざわめくたびに、その影が形を変えて、ねずみの周りを取り囲む。わたしはもうその中にいる。ここには時間なんてないんだ。わたしが手を伸ばせば、過去の記憶が溶けるように手のひらから消えていく。ここでは時間も思い出も、ただの風にすぎない。そしてねずみ、黄泉の国の川の水は、まるで血のように赤いんだ。濁って、ねっとりとした水が流れていて、その川の両岸には、いくつもの魂が浮かび上がっている。それらは笑い、泣き、囁いている。『こちらにおいで』と。彼らは道案内だ、わたしたちを永遠へと誘う存在だ。彼らは苦しんでいるのではない、むしろ永遠の静けさの中に漂うだけの、満足した者たちなんだ。わたしもすぐにその中に入る。ねずみも、もうそのすぐそばにいる。わかりますか？　黄泉の国には痛みも苦しみもない。あるのはただ、静寂だ。だがその静寂は、ねずみがこれまで知っていたものとはまったく違う。耳を澄ませば、川の底からは無数の声が聞こえてくる。それは絶望の声、狂気のささやき、そして永遠に続く歓喜の叫びだ。わたしはその声に包まれながら、まるで音楽を聴いているかのように心地よく沈んでいくんだ。ねずみ、ねずみもその音に包まれる時が来るんだ。黄泉の国の大地は、足を踏み入れるたびに、じゅうたんのように滑らかだ。だけどその表面の下には、骨や肉が埋まっているんだ。まるで過去に亡くなった者たちが、今でもわたしたちを支えようと手を伸ばしているみたいにね。わたしが歩くたび、その手がわたしの足元を優しく包み込んでくれる。彼らはねずみを待っている。わたしたちは、この地に永遠に眠るべきなんだ。ねずみが見たことのない光景が、すぐそこに広がっている。黄泉の国では、太陽も月もなく、空は深い紫色だ。霧が立ち込め、その霧の中を歩いていくと、突然視界が開けるんだ。そこには果てしない荒野が広がっていて、遠くの地平線の向こうには、巨大な黒い城が建っている。ねずみ、あの城はわたしたちの家になる。わたしたちはその城の中で永遠に共に過ごすんだ。あの城はすべてを見渡せる場所に立っている。川の流れも、霧の中を彷徨う魂たちも、すべてがあそこから見える。でもね、あの城にはひとつだけ条件がある。ねずみとわたし、二人でしか入れないんだ。どちらかひとりでも欠ければ、その扉は開かない。だから、ねずみが来るのを待っている。わたしたちが一緒にその扉を開けたとき、初めて真の静けさと平穏が訪れるんだ。黄泉の国では、感覚が変わっていく。ねずみの体は、まるで風のように軽くなる。重力なんてものはもう存在しない。わたしたちは宙に浮かび、空を歩くように進んでいくんだ。どこまでも自由に、どこまでも遠くまで行ける。でもその自由は、決して無秩序なものじゃない。わたしたちは、ひとつの流れに沿って、無限に漂うことになる。それが黄泉の国のルールなんだ。ねずみがここに来るまで、あと少し。わたしたちはもうすぐ再びひとつになる。わたしたちはただの肉体じゃない。わたしたちは魂の存在だ。そして、この場所で再び出会う時、肉体なんて意味を持たない。ただ、永遠の存在として、すべてを見届けることになるんだ。ねずみ、早く来て。わたしはもう、この世界の終わりが見えている。ねずみがいないと、完結しない。黄泉の国のすべてが、ねずみを待っている。わたしたち二人で、この世界を超えて、新たな永遠に旅立つんだ。待ってるよ、黄泉の国で。ありす」

……こんなんが連日続いた。

そして、ようやく、待ちに待った、給料日がやってきた。

おれは、銀行のＡＴＭから五万四千円を引き出し、茶封筒に入れた。そして、管理人室をノックした。薄暗い部屋の中で、管理人のじいさんはいつものようにデスクの前に座り、書類を整理していた。おれが入ってくるのに気づくと、じいさんは顔を上げたが、表情は硬いままだ。

「ねずみさんか。こんばんは」

じいさんは冷たく言った。

「なにかお話でも？」

おれは、無言でじいさんの前の椅子に座った。そして、ポケットから封筒を取り出し、デスクの上に置いた。

「五万四千円。家賃です。これで、ありすを迎える準備ができました。善処してくれるって、前に言いましたよね？」

じいさんは現金を確認しながら、しばらく黙っていたが、次第に顔が曇っていった。そして、つぶやくように言った。

「確かにそう言ったな。でもな、ねずみさん、やっぱり考え直してほしいんだよ。あんたもそうだが、彼女も精神障がい者。他の住人に迷惑だし、本当にこれ以上のトラブルは避けたい。それに……」

じいさんは言葉を詰まらせた後、ため息をついた。

「正直に言うと、女ってのは厄介なんだ。前に住んでた女もな、夜中に泣いたり喚いたりして、近所迷惑でさ。あんたの彼女がどうかは知らんが、そういうのはごめんなんだよ」

おれはその言葉を聞いた瞬間、脳みその中でなにかが切れた。あのありすのわけのわからない大量の手紙のせいで、フラストレーションが溜まっていたのかもしれなかった。自分でも、予想以上に冷たく、激しい声が出た。

「おい、じいさん。おまえ、善処すると言ったじゃねえか。それに、もう金も払ったんだ。あんたの言うことを信じておれはここまで来たんだよ」

じいさんはおれの激しい言葉にも動じず、むしろぶつぶつと文句を言い続けた。

「確かに金はもらったがな、それでも彼女を受け入れるのは……。どうしてもやっぱり不安が……」

おれの中で抑えていた怒りが一気に爆発した。おれは立ち上がり、じいさんのデスクに両手を叩きつけた。

「いい加減にしろ！　もう我慢できねえぞ、じいさん！」

おれは怒りに任せて、じいさんの襟を掴み、そのままデスクの上に押し倒した。じいさんは驚いた表情を浮かべながら、慌てて手を振りほどこうとするが、おれの手の力は強かった。

「警察、警察を呼ぶぞ！」

じいさんは震える声で叫んだが、おれはその言葉にさらに激しく怒りを燃やした。「警察なんか呼んだら、あんた自分がどうなるかわかってんのか？　おれは障がい者だよ。おれの言い分が通る可能性だってあるんだ。もし警察が入ったら、あんたの管理がどうなってるかも調べられるだろう。住民の不安を煽る発言をされたとおれがひとこと言いさえすればいいんだ。あんたがやってることがバレたら、ここの管理人としての地位も危うくなるんじゃねえのか？」

おれはじいさんをさらに押し倒し、その顔を間近に見つめながら続けた。

「おれが金を払った以上、あんたは約束を守る義務があるんだ。それを破るってんなら、おれはどこまでも追い詰めるからな。ありすを受け入れるか、それともおまえが地獄を見るか、どっちかを選べよ」

じいさんはおれの迫力に完全に押され、怯えた表情で小さく頷いた。

「わ、わかった……。なんとかするから……」

おれはじいさんの襟を放し、デスクから引き離した。じいさんはそのままデスクの上に倒れ込むようにして、しばらく動けなかった。

「最初からそう言えばよかったんだよ」

おれは冷たく言い放ち、事務所を出ると、走って部屋に入った。心臓が激しく鳴っていた。胸の中にまだ怒りが残っているが、同時にやり遂げたという達成感もあった。これで、ありすとの新しい生活が現実に近づいた。おれは自分が一線を越えたことを理解しつつも、後悔の気持ちはなかった。あのじいさんは、約束を守らなかったんだ。おれには、ありすを守るためにやるべきことがある。

第６章　小さな結婚式

管理人のじいさんをやり込めたおれは、なんだかこれからもうまくいくような気がしていた。ようやく準備が整ったんだ。今日、工場の清掃が終わった後、グループホームに立ち寄る。ありすを引き取るために。

夜、グループホームの玄関を通り抜け、共同スペースに入ると、住民たちがすでに集まっていた。おれとありすが一緒に住むことが決まったと知って、グループホームの仲間たち、それにスタッフの佐藤さんが、色とりどりの風船を飛ばしてくれたり、壁にステッカーなどを貼って祝ってくれていた。青木やからすなどはもちろんいなかったけれど。というか、やつらがいたら雰囲気をぶち壊されるので、これでいいんだ。

おれは、共同スペースの窓際にいるありすに目をやった。彼女はおれの到着を待っていたかのように、少し戸惑った表情でこちらを見つめていた。その瞬間、彼女の目がゆっくりと潤んでいくのがわかった。そして、静かに笑みを浮かべた。

おれはその表情を見て、ありすが今、どれだけ現実と夢の境目で揺れているのかを感じ取った。長い間、現実と幻想の間を彷徨ってきたありすにとって、おれがこうして目の前に立っていること自体、自分で言うのもおこがましいが、奇跡みたいなことなのかもしれない。おれは車いすの近くに駆け寄った。

「本当に来てくれたんだね……。なんだか、嘘みたい」

ありすは涙をこらえながら、かすかにそう呟いた。その言葉に、おれは頷き返しながら、胸が締めつけられるような気持ちになった。ありすがこうして現実に戻ろうとしている、その瞬間をおれは目の前で見ている。彼女が、自分の手を握りしめているのがわかった。まるで、これは本当に現実なのか確めるかのように。

おれは一歩近づき、彼女の手にそっと触れた。ありすの手は少し震えていたが、それでもしっかりとおれの手を握り返してきた。

「おれはおまえを迎えに来たんだ。もう、あの夢の中には戻らない。これからは、ふたりで現実の世界を生きていくんだ」

そう言いながら、おれはありすの目をまっすぐ見つめた。彼女の涙は、悲しみではなく、喜びに溢れていた。おれはその瞬間、自分の決意が揺るぎないものになった。彼女と一緒に新しい生活を始める。ありすを守るために、おれは全力を尽くす。それが、今のおれにとって唯一の現実だった。

ふくろうおばさんが、そんなおれたちの姿を見て、静かに口を開いた。

「ねずみ、あなたとありすが新しい生活を始めるなんて、本当に嬉しいわ。息子が生きていたら、こんな日が来たかしらね……わたしたちでよければ、これからも、いつでも頼って。あなたたちはまだこれからだから、焦らずにね」

ふくろうおばさんの言葉が終わると、次々に住民たちが集まってきた。もぐらは少し照れくさそうにしながら、ありすを見つめていた。

「……二人とも、ほんとに頑張ったんだな。あんたらがここから出て行くっていうのは、私にとっても新しいスタートかもしれない。酒をやめつづける。それが私にできる最大限の祝福だよ」

もぐらがそう言うと、ありすは微笑みながら頷いた。

「ありがとう、もぐらさん。わたしも、新しい場所で頑張るね」

その後、りすが軽やかな足取りで駆け寄ってきた。いつものように明るい表情を浮かべて、両手を広げた。

「おめでとう！　ねずみ、ありす！　もう、お別れなんて寂しいけど……これからはふたりで幸せになってね！」

りすはおれにウィンクをしながら、肩を叩いてきた。なんとなく照れくさくなったおれは、軽く笑って応じた。

「ありがとう、りす。おまえも元気でな」

そのとき、うさぎ（ラビット）が後ろからひょっこり現れた。

「ねずみ、ありすさん。結婚式はどうする？　いまからパーティーしようよ！　せっかくふたりが一緒になるんだから、小さな結婚式の準備をしなくちゃ！」

ラビットはいつも通り、明るく陽気に提案してきた。おれが笑いながら「おまえ、急にそんなこと言われても困るよ」と返そうとした瞬間、意外な人物が話しかけてきた。かえでだった。

少し遠慮がちにおれたちに近づいてきて、戸惑いながら言葉を紡いだ。

「ねずみ、ありす……あのときはごめんなさい。わたし、ちょっと感情的になって……でも、ふたりがこうして新しい生活を始めるのを見て、なんか……嬉しいんだ。だから、本当に……お幸せにね」

かえでの言葉に、おれもありすも驚いた。あんなふうに、ありすにきつくあたっていたかえでが、謝ってくるなんて思わなかったからだ。ありすは少しだけ戸惑ったような表情を浮かべたが、すぐに頷いた。

「ありがとう、かえでさん。過去のことはもういいの。これからは、みんなでいい思い出を作りたいわ」

かえでが笑顔を見せたあと、彼女の隣にこぐまがやってきた。

「まあ、いろいろあったけど、ふたりがこうして一緒に新しい生活を始められるのは、いいことだよな。おれも、かえでと……まあ、その……頑張っていこうって思ってるんだよ」

こぐまは少し照れくさそうに、かえでの肩に手を回しながら、軽く頭をかいた。かえでは、照れたように顔を赤らめつつも、彼の腕に少し体を寄せた。

「こぐまも、わたしのそばにいてくれて……ほんと、感謝してる。だから、ふたりも思いっきり幸せになって」

おれはその様子を見て、なんだかほっとした気分になった。かえでとこぐまが、今ではこんなにも親密になっているとは、予想もしていなかったからだ。

「かえで、こぐま、ありがとうな。ふたりも、幸せにな」

そう言うと、ふたりは少し照れたようにおれたちを見つめ、ゆっくりと笑った。

おれたちとラビットがグループホームを出ると、秋の風が少し冷たくなり始めた。ありすの車いすを押しながら、ラビットが足早に先を歩いていた。

「おまえ、おれの住所知らないのになんでそんな自信満々で歩いていくんだよ」

「間違っててもあとから教えてくれればいいじゃん」

いつもの調子で陽気にしゃべり続けるラビットの声が、通りを行き交う人々の雑音に紛れながらも、妙に心地よく響いていた。

ありすはその間、静かに周りの景色を見ていた。彼女の表情は穏やかだったが、その目の奥には、どこかまだ現実感が追いついていないような不安げな光が見え隠れしていた。おれはそっと彼女の肩に手を置いた。

「大丈夫か？　疲れたらいつでも休めるからな」

「大丈夫。外の世界を、少し楽しんでる」

「そうか……もう何年も……」

「外に出た記憶、昔すぎて、わたしにはないのよ」

おれたち三人がアパートに着いたとき、空はすっかり暗くなっていた。廊下を掃除していたじいさんが、ありすに視線を向けた。その目が一瞬、彼女を舐めるように上下に動いた。

「……あなたが、ねずみ君の……そうか、なるほど。随分と、特別な方みたいだねぇ……」

じいさんの口元に薄い笑みが浮かんだ。声は親しげに聞こえるが、その裏にはなにか特別の意図が透けて見える。じいさんはさらに一歩、ありすに近づいてきた。

「……ねずみ君、こんな素敵な子、どうやって手に入れたんだい？　羨ましいよ、ほんとに」

その言葉には皮肉とも取れる響きがあった。管理人の視線が、ありすの顔から、身体にじわりと移っていく。

「おい。調子乗るんじゃねえ。いい加減にしろよ、じいさんよ！」

おれがじいさんを睨みつけると、じいさんは恐れおののいて立ち去って行った。

「……いまの、管理人？」

「そうだよ。ありすの入居に歯向かったジジイ」

「外で生活するってのも……大変だなあ……」

部屋に入ると、先ほどの鬱屈とした表情を振り払って、ラビットがまず声を張り上げた。

「さあ、ねずみ！　ありすさん！　今夜は小さな結婚式だ！　豪華なものは用意できねえけど、僕たちにはこれがあれば十分だろ！」

そして、彼はポケットからクシャクシャの紙を取り出し、偉そうに声を張り上げた。

「これから僕は、ラビット牧師としてふたりを祝福します！　よろしくね！　それでは、新郎ねずみ、新婦ありすさん、始めるよ！」

おれとありすは顔を見合わせ、ちょっと照れくさい感じで笑いあった。ラビットは大袈裟に咳払いをしてから、神妙な顔つきで話を続けた。

「ふむ、ふむ……今日ここに集まったのは、ただひとつの目的です！　このふたりを夫婦として結びつけること！　ええと、誓いの言葉とかはないけど……まあ、いいか。クチナシの花を持って、ふたりの未来を祝いたいと思います」

そう言って、彼は白いビニール袋の中から黄色いクチナシの花を手に取って、ありすに手渡した。

「この花は、愛と未来の象徴です！　ありすさん、あなたはこのクチナシを持って、ねずみと共に歩んでいけますか？」

その瞬間、ありすの目が輝いた。

「……あのときの花ね！」

彼女はクチナシの花をじっと見つめながら、まるで何かを思い出したかのように言った。あのとき――グループホームで初めてありすと出会った日のことが、おれの脳裏にも鮮明に蘇った。あのクチナシの花に向かって、ありすがそっと話しかけていた、あの瞬間を思い出したんだ。黄色いクチナシが、今もこうしてふたりをつないでいる。

ありすは照れ笑いを浮かべながら、小さく頷いた。

「もちろん。これから一緒に、ずっと歩いていくわ」

ラビットはそれを聞いて満足げに頷き、今度はおれの方を向いた。

「ねずみ！　きみはこの花とありすさんを大切に守っていける？　彼女を支え、愛し続ける覚悟はありますか？」

おれも真剣な顔で頷いた。

「ああ、もちろんだ。おれはありすを守るよ」

ラビットはふざけたようにニヤリと笑い、

「よーし、ではこれで二人は夫婦だ！　おめでとう！」

と、大声で宣言した。

「それでは、ここに正式にふたりの結婚を認めます！　新郎新婦、夫婦として今ここに結ばれました！　おめでとう、ねずみ、ありすさん！」

と彼は誇らしげに叫びながら、おれたちの手を高く掲げた。

その瞬間、狭い1Kの部屋が、まるで特別な祝福の場に変わったような気がした。おれはありすの手を握りしめ、彼女が笑顔を浮かべるのを見つめた。ラビットも満足げに微笑んで、

「さあ、乾杯しよう！」

と冗談めかして言ったが、飲み物なんてないし、手元にあるのはクチナシの花だけだ。

狭い部屋での、ささやかだけれども確かな結婚式。おれたち三人の笑い声が部屋中に響き、クチナシの黄色い花が、まるでおれたちの未来を見守っているかのように静かに咲いていた。

うさぎがそろそろ帰るよ、と玄関で靴を履いているときに、ありすがつぶやいた。

「……死ぬときは必ずふたりで」

ありすの言葉に、ラビットも驚いて一瞬表情を強張らせたが、何も言わずにおれの方を見た。

おれは彼と目が合い、彼の表情から、

「どうする？」

という問いを感じたが、おれはどうにか平静を装い、少し柔らかい声で返した。

「……ふたりで？」

おれはなんとか微笑みを作り、表情を崩さないように努めたが、内心は揺れていた。彼女の言葉が単なる誓いではなく、実際に彼女の心の奥深くに刻まれた何かを示しているように感じた。まるで、彼女がこの現実世界で自分を支えきれなくなっているような……。

「そう。ふたりで……。ねずみがいなくなることなんて、ないんだよね？」

おれはありすの手を優しく握った。しかし、その手の感触は、どこか冷たく、少し不安定なものだった。彼女の心の奥底にあるものが、今にも溢れ出しそうな気がしてならない。そのとき、ラビットが軽く喉を鳴らして、場の空気を和らげるように話題を変えた。

「さて！　そろそろ僕はホームに戻るよ！　今日から、ふたりの新しい生活の始まりだ！　邪魔しちゃいけない。じゃ、また来るよ！」

ありすは満面の笑みでラビットに手を振った。しかし、おれの心の中には、「死ぬときは必ずふたりで」という言葉がずっと引っかかり続けていた。

第7章　カメラ

朝、窓から差し込む柔らかな光の中、おれは玄関で靴紐を結んでいた。ありすは、車いすに座ったまま、おれを見送るために窓際でじっとこちらを見つめている。

「今日も、気をつけてね……」

その声は少し不安げで、おれが外に出ることに対する心配が感じられた。おれはドアノブに手をかけ、

「大丈夫だよ」

と、軽く声をかける。彼女が自分で鍵を閉めることができないのはわかっているから、代わりにおれが必ず鍵を閉めていく。

「夕飯には戻るから、それまでゆっくり休んでいてくれ」

工場の中での仕事は相変わらず退屈で、体を動かしているのに心はまるで眠っているかのようだった。モップを握りしめ、フロアの隅々まで掃除をしている間、頭の中ではありすのことばかりが浮かんでいた。周りでは、作業員たちが互いに話している声が時折耳に入ってくる。だが、話の内容はどうでもいいことばかりで、こんな調子だ……。「うちの子、もうすぐ中学なんだよ。制服とか、いろいろ準備しなきゃいけなくて。でも制服って高けぇんだな。私立ナメてたわ」

「同級生と草野球やってんだけどさ。こないだの試合、絶対に勝つつもりで自分史上最強メンテして行ったんだけど、また負けた。クソったれ。次は絶対勝つ」……

おれは一人、黙々とモップを動かし続けた。彼らにとっての日常は、おれにはまるで関係のない世界

のことだ。家庭や趣味の話も、いまのおれにとってはただの雑音にしか過ぎない。

「おい、ねずみ！　ちょっとこっちも頼むわ！」

遠くから声をかけられ、おれは反射的に手を挙げて返事をしたが、心はどこか遠くを漂っていた。やっていることは単調だが、その中でおれは、ありすとの生活についてぼんやりと考え続けていた。

「今日……夕飯、なに作ろうか……」

もちろんこれまで手料理したことなどない。誰かに振舞ったこともない。だけど、おれはネットで引っ張ってきた大量のレシピをエクセルで管理し、一日たりとも同じ料理にならないように徹底していた。

「ねずみ？　聞こえてる？　手伝ってくれ！」

おれは、はっとして、呼ばれたほうへ全速力で走っていった。

仕事を終えた帰り道、おれは近くの業務スーパーに必ず立ち寄る。手に取ったキャベツや鶏肉、卵をカゴに入れながら、ありすの笑顔が頭に浮かんだ。家に帰り、夕飯を作るのは、いまやおれにとって日常なんだ。それが嬉しくて嬉しくて、もう本当にそれ以外はどうでもよかった……。

フライパンに油をひき、じゅわっと音が広がる。卵を割る手が少し震えているのを感じながらも、慣れない包丁さばきで野菜を切る。包丁がまな板に当たる音がキッチンに響き、その音が妙にリズムを刻んでいるように聞こえた。本当にこんな料理でいいのか？　とおれは思っていた。多分グループホームで出る昼食のほうが旨いはずなのに。

食材を混ぜ合わせて、どうにか形を作り上げるが、味見をしてもどこか薄味で、足りない何かを感じていた。それでも、ありすが食べてくれるだけでいいと思うようにして、皿に盛りつける。

ありすの前に料理を置くと、彼女は静かにうなずいた。その目には感謝の表情が浮かんでいたが、言葉を発することなく、箸を手に取った。おれはその瞬間、ほっとした。彼女が受け入れてくれることが、何よりも大切だった。

ありすはゆっくりと一口ずつ食べ始めた。箸が皿に当たる小さな音が部屋に響き、その音がまるでおれたちの会話のように感じられた。お互いに言葉を交わすことなく、ただその静かな音が続いていく。ありすが食事を進める姿を見て、おれは少し安心しながらも、どこか不完全な気持ちを抱えていた。

「……おいしい?」

おれは問いかけたが、ありすは無言のまま、短い視線をおれに向けて、頷いた。その目は、言葉以上に多くを伝えていた。おれはそれを受け取り、なにも言わずに彼女の食べる姿を見守る。

食事が終わると、ありすは静かに箸を置いた。おれは彼女の前から皿を片付けながら、背中越しに彼女の存在を感じていた。ふと、彼女がなにかを言いかけたような気がしたが、結局何も言わなかった。彼女の中にある感情は、おれには伝わらなかったが、それでも彼女のためになにかをしていることそれ自体が、おれにとっての唯一の安堵だった。

食器を片付け終わると、いつものようにおれは風呂場に向かう。ありすが毎日欠かさず置いている黄色いクチナシの花が、湿った空気の中でかすかに揺れている。その香りが湯気と混じり、部屋中に広がっていく。クチナシの花は、ありすにとって特別な意味を持っているのだが、最近ではおれにとってもそれが彼女との繋がりを感じさせるひとつの象徴になっていた。

「そろそろ入ろうか」

おれはありすに声をかけ、彼女を風呂場へと運ぶ準備を始める。彼女の体は痩せ細っていて軽いとはいえ、立ち上がることもできない彼女を抱きかかえて車いすから持ち上げるのは、毎回思った以上に骨が折れる。おれの腕に伝わるそのか細い体の感触は、彼女の弱さと、そこに潜む脆さをさらに強調するようだった。

なんとか彼女を車いすから持ち上げて風呂場へと運び、お湯をためる。ありすを湯船に入れる瞬間、彼女の体を支える手が慎重になる。ありすは少し緊張しているようにも見えたが、おれがしっかりと支えながら湯船にゆっくりと沈めていくと、彼女は静かに目を閉じた。

おれは石けんを手に取り、彼女の体を丁寧に洗い始める。湯気に包まれた風呂場の中で、手のひらに広がる石けんの泡がありすの肌に触れ、ゆっくりと流れ落ちていく。泡が流れる感触は妙にリアルで、親密さと不安が交錯する感覚に襲われた。

彼女の髪を洗うとき、静かな彼女の呼吸音が耳に届いた。水が髪を濡らし、指が彼女の髪の間を滑っていく。水の流れる音と呼吸の音が風呂場に響き、その音がふたりだけの閉じた空間を作り出していた。

ありすの背中を洗いながら、無防備なその姿を見て、おれは守らなければならないという強い責任感を覚えたが、やはりいつものように、相反する感情、つまり、彼女がこの現実からますます遠ざかっていくような不安も募っていた。

「本当に……大丈夫か？」

おれは尋ねたが、彼女は目を閉じたまま、かすかにうなずくだけだった。お湯の温度は彼女にとってちょうど良かったのか、ありすは短く、

「……気持ちいい」

と、呟いた。

そしておれは彼女を風呂から上がらせる準備をし始める。体を拭くためにタオルを手に取り、彼女を抱きかかえて湯船から引き上げる。車いすに戻すときも、気を抜くわけにはいかない。彼女をしっかりと支えながら、また車いすに座らせる。この一連の動作には、毎回神経を使う。

風呂場から上がった後、彼女の体をタオルで拭いてやる。その動作は、毎晩繰り返される一種の儀式のようでもあった。丁寧に、そして慎重に拭き上げながら、おれは彼女の世話をすることが自分の存在意義になっていることを感じた。

次の日の朝、ありすが窓辺でぼんやりと外を眺めていた。おれが出かける準備をしている間、ふと彼

女がつぶやいた。

「ねえ……あそこ、行ってみたい」

ありすの視線の先には、スタイリッシュな美容室の看板が揺れていた。その看板は、数週間前に新しく設置されたもので、青空の下で光を反射している。ありすがあの看板を気にするなんて、少し意外だった。彼女は外に出ることをずっと避けていたからだ。「美容室……？」

おれは驚いて聞き返した。

「でも、おまえには無理だろ。外は危ないし、いまの体調じゃ……。それに、おれは仕事があるからついていけない。おれが休みの日ならともかく……ひとりでは……」

ありすは、おれの言葉に少し眉をひそめた。

「でも……髪を切りたいの。もう、ずいぶん長くなっちゃったし……」

彼女は髪の毛を指で梳かしながら、少し寂しげな表情を浮かべていた。

その顔を見て、おれは一瞬だけ言葉を失った。確かに、ありすの髪はずいぶん伸びていた。彼女は髪を気にしているんだ。それが彼女の心の中でなにかを意味していることも、なんとなく感じ取れた。だけど、外に出るのは危険すぎる。

「おれが切ってやるよ、今夜」

そう言って、おれはありすを安心させるように微笑んでみせた。彼女は少し戸惑ったようにおれの顔を見たが、やがて静かにうなずいた。

「……わかった。夜、お願いするね」

でもその声は寂しかった。

おれの心には、重いものが引っかかる。外の世界に憧れている彼女を、ずっとこの狭い空間に閉じ込めておくのは正しいことなのか？　それでも、彼女を守るためには仕方がない。外に出れば何が起こるかわからない。おれが自分で彼女の髪を切ることが、一番安全な選択のように思えたんだ……。

おれが仕事から帰ると、ありすはすでに車いすに座って、じっとおれを待っていた。その瞳の奥には、なにか決意のようなものが見えたが、おれにはそれがわからなかった。「ありす、髪を切る準備はできてるか？」

おれは声をかけながら、彼女の隣に座った。

彼女はおれを見上げて小さく頷いた。

「うん……でも、やっぱりねずみに切ってもらうのは……」

「おれも美容室に行かせてやりたいが、いま外に出るのは危険だ。青木のことを考えたら、そんなリスクは冒せないだろ？」

おれはキッチンに向かい、引き出しからハサミを取り出した。当たり前だが、髪を切るなんて全く自信がなかったが、彼女を外に出すことの方がはるかに怖かった。

おれは、ありすの髪に触れ、静かに呼吸を整えた。その瞬間、彼女の体の震えが伝わってきたが、ありすは何も言わなかった。ただ黙って、鏡を見ていた。

「大丈夫だ、すぐ終わる」

おれは彼女を安心させるつもりで言ったが、実際にはおれの手が震えていた。

ハサミを手に、少しずつありすの髪を切り始めたが、毛先がバラバラに散らばっていく。全く揃わない髪の断片が床に落ちていき、どう見ても美容室のような仕上がりにはならなかった。切れば切るほど、不格好な形になっていく髪を見て、おれは焦りを感じたが、もう後戻りはできなかった。

ありすの髪を切り終わった後、おれはその結果を見て、言葉を失った。彼女の髪は、不格好に短くなり、毛先はバラバラで揃っていない。まるでおれの不器用さが、そのまま反映されたかのようだった。女性にとって、髪がどれだけ大事なものかなんて、おれにはわからなかった。こんな結果になってしまうなんて……。

「……ごめん、ありす」

おれは自分を責めるように呟いたが、ありすはただ微笑んで、

「ありがとう」

と言った。

その笑顔が痛々しく、胸が締め付けられるような気持ちになった。

「風呂に入ろうか」

おれはありすにそう声をかけ、車いすから彼女を抱き上げた。

おれは湯をため、ありすをそっと湯船に入れる。彼女の髪を洗い始めると、先ほどのおれの失敗がますます胸に重くのしかかった。不格好に切られた髪が、指の間から滑り落ちるたびに、おれは自分の無力さを感じた。

「髪のこと、気にしないで」

ありすは静かに言ったが、その声はどこか遠くかった。彼女の髪を洗うたびに、その無様な形が浮き彫りになり、おれの心はますます重くなった。おれは……こんなことしかできないのか。おれは自分を責める気持ちを抑えきれず、ありすの髪をそっと撫でながら、泡を流した。彼女の髪はもう元には戻らないし、おれにはその大切さすら理解できていなかった。

「本当に、ごめんな……ありす」

おれはもう一度謝ったが、彼女は何も言わず、ただ目を閉じて湯の中に身を沈めていた。その姿は、まるですべてをおれに委ねているかのようでありながら、どこか悲しげだった。

おれは湯船から彼女をそっと抱き上げ、タオルで体を拭いてやった。彼女の髪は短くなり、見慣れない姿がそこにあったが、ありすはなにも髪のことを気にしていないように、あえて振舞っていた。その感じが逆におれ自身を苛立たせた。女性にとって髪がどれほど大切なものかを、今さらながら理解したおれは、その重大さに気づかず、こんなことをしてしまった自分を責め続けていた。

その夜、簡単な食事を取って、ありすを寝かしつけたあと、おれはスマホを手に取り、ネットで監視カメラを検索した。彼女が外に出たがっていることが、どうしても心から離れなかった。

「もし青木がおれたちにまた絡んできたら……」

ありすを安全な場所に閉じ込めるためには、監視が必要だった。おれは画面に映し出された商品リストを眺めながら、最も信頼できそうなカメラを選び、迷わず「購入」ボタンを押した。これで安心だ。

おれはスマホの画面に映る確認メールを見て思った。監視カメラの設置が、彼女を守るための最善の手段だと信じながら、おれは少しずつ支配的な行動に踏み込んでいることに全く気づいていなかった。

第8章　侵入

ある日の昼休みのときだった。おれが弁当を食っているときに、うさぎがおれのほうに向かって、手を挙げてやってきた。

「ねずみ君。すまないな。休憩中に」

「いいんだけど……ウィズ、どうした？」

「ちょっと話があるんだ。青木のことで」

「青木……⁉」

ウィズは辺りを見回し、誰にも聞かれないようにおれに耳打ちした。

「あいつ、きみの家のことを探ってる。あまりにも騒がしいから俺の耳にも入ってきたんだが、どうやらなにか企んでるみたいなんだ」

ウィズの言葉はいつも冗談ではない。

「具体的にあいつはなんて言ってる？」

おれは低い声で問い返した。

「最近『ねずみを痛めつけてやる』とか、『ありすなんか楽勝だ』とか言い始めたんだ。あいつ、やばいことを考えている。しかも、昔の手下かなんかに、きみの家がどこかを調べさせたらしい。暴力団かなんかと関わりがあるって、ハッキングでわかったんだろ」

「そうだな……」

ウィズの言葉が頭の中でぐるぐると回り、全身に冷たい汗が滲んだ。

「また追加情報があったら、連絡してくれ、ウィズ」

「了解。こちらでもなにか対処法を考える」

そう言ってウィズは帰っていった。昼休み終了のベルがけたたましく鳴った。

おれはそれを聞きながら、スマホに連携してある監視カメラで家の様子を確認した。おれは、昼休みのたびにスマホを取り出して、監視カメラを確認するのが習慣になっていた。ありすの姿が画面に映る。彼女はリビングのソファに座り、穏やかに本を読んでいる。時折、ページをめくりながら、カップに入ったハーブティーを口に運んでいる。その姿は、どこか落ち着きがあり、安心感すら感じさせるものだった。彼女が過ごす静かな時間は、まるでこの部屋が彼女にとって唯一の安らぎの場であるかのように見えた。

おれはほっとして、作業に戻った。

その晩、仕事が終わると、おれは清掃道具を片付けながら周りの様子をうかがっていた。工場のフロアはいつも通り、作業員たちが残業している。機械の音が響き渡る中、廃材置き場の方向に視線を向けると、誰もいないことを確認する。今がチャンスだ。おれは作業場の端にある廃材置き場へと足早に向かった。

そこには、自動車部品の熱処理に使われる化学物質が厳重に保管されている。その中に、前々から目をつけていたシアン化ナトリウムの袋があることを知っていた。

廃材置き場に入るには、金網のフェンスを切らなければない。念のため、作業所の隅からこっそり持ってきたボルトカッターを背中に隠しながら、おれは廃材置き場へと歩き始めた。もしフェンスに鍵がかかっていたら、これでこじ開けるつもりだった。しかし、いつもは鍵がかけられているはずなのに、今日はなぜか鍵が外れているのを見つけた。それは偶然だったのか、それとも誰かが作業中に開けたままにしたのか。おれにとっては運が味方した瞬間だった。廃材置き場の金網フェンスの前で、おれは一度立ち止まり、背後を確認した。幸い、作業員たちは遠くで話し込んでいる。おれはゆっくりとフェンスを開け、中に入った。

廃材の山を通り抜け、目指す棚に到達すると、おれの心臓は早鐘のように打ち始めていた。背後から足音が近づいてくる音に一瞬ビクッとしたが、それはただの機械の作動音だった。冷や汗が首筋を伝う。おれは深呼吸をし、震える手を伸ばした。シリンダー型の保管容器の中には大量の粒状のシアン化ナトリウム（青酸ガス）が入っている。

「これだ…これが、おれたちを救うための最後の手段……」

おれはその保管容器を慎重に持ち上げ、清掃用のタンクに押し入れた。シアン化ナトリウムは粒状の化学物質で、扱いを誤れば命を奪う危険なものだ。おれはそれを分かっていながらも、手に入れておく必要があると思ってしまった。おれとありすが最悪の状況に陥った時、それを使う決意は固まっていた。

その瞬間、背後で誰かが歩いてくる足音が再び聞こえた。おれの全身が硬直し、息を呑んだ。心臓が耳元で鼓動するかのように、異様に大きく感じられた。ゆっくりと後ろを振り返ると、作業員のひとりが廃材置き場の方向へ歩いてくるのが見えた。

「くそっ、やばい……」

おれは平然とした顔で、タンクを押しながら、素早く別の廃材の山の陰に隠れた。作業員が近づくにつれ、緊張感が頂点に達した。もし見つかれば、ただでは済まない。いや、それどころか、ありすとの未来すらも奪われるかもしれない。作業員はゆっくりと廃材の山を越えていき、数メートル先で立ち止まった。彼は少し周囲を見回し、特に何も見つけられない様子だった。やがて、彼はフェンスの外に戻っていった。

おれは小さく安堵の息をつき、再び静けさが戻ったことを確認した。だが、それでも緊張は解けなかった。急いでその場を離れ、廃材置き場から抜け出すと、再び周囲に気を配りながら工場を後にした。

数日後、青木の脅威はますます現実味を帯びてきた。

おれが仕事から帰ると、ありすが、

「昼間、外で大きな物音がして怖かった」

と言ったのだ。青木か、青木の手下だ。ありすはそれを気にしないように努めていたが、彼女の不安が伝わってきた。そして次の日、家の玄関に、不気味なメモが挟まれていた。

《おまえたちの最期は、俺が決める。》

その言葉が書かれた紙を見た瞬間、おれの背筋に冷たい何かが走った。青木は本当におれたちを狙っている。今までの嫌がらせは、すべてこの瞬間に向けた布石だったのだろうか。

さらに、朝仕事に行こうとすると、リーダーがくれた、大切なおれの自転車がなくなっていた。青木……。お前はなにを考えている……？　おれは仕方なく、徒歩で現場に向かった。しかしそれだけでは終わらなかった。急に、ありすの母親の形見であるペンダントが見当たらなくなった。ありすはそのペンダントを常に肌身離さずつけていたはずだ。それが急に消えたことで、彼女は精神的にさらに追い詰められた。おれは、家の中を隅々まで探し回った。そして、ペンダントを見つけたのはありすの車いすの下だった。だが、そのペンダントには明らかに誰かが故意に傷をつけた痕跡が残っていた。青木はすでに家の中に侵入していた。

おれは言った。

「青木はいつでもおれたちに手を下せる状態だ。グループホームに、一時的に帰るか？」

その瞬間、ありすの顔が硬直した。彼女の目にたまっていた涙が、ポツリと頬を伝い、床に落ちた。しばらく沈黙が続き、やがて彼女は無言のまま車いすのハンドルを握りしめると、急にガタガタと車輪を揺らし始めた。

「いやだ、いやだ……いやだ！」

　ありすは声を震わせながら、車いすを荒々しく揺らし続けた。肩は小刻みに震え、彼女の全身から抵抗の意志がにじみ出ていた。まるで、身体全体でその場に留まりたいと訴えているようだった。車いすの車輪が無意味に床をこすりつけ、部屋の空気を引き裂くような音が響く。

「帰りたくない、帰りたくない！」

　声を荒げ、泣き叫びながら、ありすはさらに強く車いすを押し動かそうとしたが、その行為は自分の中の苦痛や絶望をかき乱しているかのようにしか見えなかった。

　おれは彼女の手首をがっちりと掴んだ。彼女の肌が冷たい。ガタガタと震える手を抑え込みながら、低い声で言った。

「落ち着け、ありす……わかってる。けど、これ以上やったら、壊れるのはおまえ自身だろうが」

　ありすの動きが一瞬止まった。だけど、すぐにまた激しく抵抗し始める。おれは無理やり顔を近づけ、彼女の目を捕らえた。

「もういい……おまえ、ここにいたいんだろ？　わかったよ。けど、それならおれが守る。誰が来ても、おれが全部、片付ける」

　おれの声は自分でも驚くほど冷たく響いた。その言葉にありすは少し怯んだが、またなにかを言いかけた。その時、突然、外からかすかな物音が聞こえた。なにかが擦れる音だ。瞬時に全身の神経が尖り、おれは反射的にありすを車いすに固定した。

「ここから動くな」

小声で命じて、窓の方へ足音を殺して近づく。カーテンをほんの少しだけ引いて外を覗くが、誰もいない。だけど、確かに何かがいる。空気が重くなる。

その時、背後にわずかな気配を感じた。俺が振り返る間もなく、ドアがゆっくりと音もなく開き、そこに影が映り込んだ。部屋の薄暗い照明に、その影が不気味に揺れた。心臓が一瞬だけ跳ね上がる。手のひらに冷たい汗がにじむ。

「誰だ、おまえ！」

おれは無意識に声を荒げた。その瞬間、影が一歩踏み出してきた。振り返ると、小柄な男がいた。もぐらの言っていた、青木の手下に違いない。青木はグループホームにいるから、そんなに外出はできない。男の顔に貼りついた不気味な笑みが気に食わなかった。ありすのペンダントを傷つけたのもこいつだろう。

「おまえ、なんか勘違いしてんじゃねえか？　ここに入り込んで、好き勝手やるつもりか？」

小柄な男は薄笑いを浮かべたまま、ゆっくりとポケットから小さなナイフを取り出した。銀色に光る刃。おれはすぐに状況を理解した。おれじゃない。ありすを狙っている。それがこいつ、そして青木の目的だ。

おれは冷静を装いながら、ゆっくりと距離を詰めた。男の手元から視線を外さず、一歩一歩慎重に進んでいく。

「ねずみ……」

ありすのかすれた声が背後から聞こえた。彼女はまだ震えていたが、おれも気を抜けない。男の手が不意に動いた。おれは瞬時に男の手を捕らえた。ナイフの刃がかすめる音が耳元で響く。冷や汗が背中を伝うが、そんなことに構っていられる余裕はねえ。男の力は思ったよりも強い。おれも必死で押し返したが、男の腕は硬直しているかのように揺るがなかった。

「ありすは渡さねえぞ」

「女は俺たちのものだ。おまえが邪魔するから、こんなことになったんじゃねえか」

「はあ⁉」

「俺たちはまだ車いすの女を犯したことねえからな。ボスがその女を気に入ってる」

完全にイカれてやがる……。

おれは全力で奴を抑え込もうとしたが、男はナイフをしっかりと握りしめていて、少しでも油断すれば刺される状況だった。だが、引き下がるつもりはねえ。おれがここでやられたら、ありすがどうなるかなんて、考えるまでもない。

「ありすに手ぇ出したらおまえどうなるかわかってんだろうなぁ⁉」

おれは全身に力を込め、男の腕を無理やり押し戻そうとするが、男の顔がだんだんおれに近づいてくる。男の息が顔にかかるほど近い。おれの腕が震え始めた瞬間、男の足が不意に動いた。おれの膝裏を蹴り上げ、バランスを崩したおれを床に押し倒してきやがった。

おれは倒れ込んだ床の上で、男がすぐに上からナイフを振り下ろしてくるのを見た。時間が一瞬止まったかのように、すべてがスローモーションに見えた。

「クソッ……！」

ナイフがおれの鼻に突き刺さった。鋭い痛みが顔全体に走り、目の前が真っ赤に染まった。鼻の軟骨が砕ける感覚が生々しく伝わる。息ができない。呼吸をするたびに、鼻腔を血が塞ぎ、痛みと息苦しさがおれを襲った。

ありすの叫び声が部屋に響いた。おれはとっさに身をひねり、ナイフの刃を避けるつもりだったが、すでに遅かった。だが、その瞬間、ナイフがおれの鼻から抜けた。激しい痛みが残り、目の前が滲んでいたが、男の一瞬の隙を見逃すわけにはいかねえ。

「もうやめて！　わたし、彼らのところへ行くわ、ねずみ！」

「なにいってんだおまえ！　馬鹿言うなって！」

おれは男の腕を掴んで強引に捻り上げ、力を込めて、男を床に叩きつけた。男は呻き声を上げ、ナイフが手から離れて床を転がっていった。男はおれの下で暴れようとしたが、おれは奴の腕を捻り上げ、完全に押さえ込んだ。

おれは息を整え、ナイフから目を離さずに男を部屋の外へ引きずり出した。そしてドアを勢いよく閉め、鍵をかけた。

おれの心臓はまだ激しく鼓動していたが、なんとか落ち着かせてありすの方に戻った。彼女はまだ怯えた表情をしていたが、おれが近づくと手を伸ばしてきた。

「これで……しばらく大丈夫だと思う」

おれは彼女の手を握りしめた。だけど、心の奥底ではまだ完全に終わったとは思えなかった。青木がどこまで計画していたのか……。だけど、ひとつだけ確かなのは、ありすを守るためには、おれがもっと強くならなければならないってことだ。

「これからも、おれがずっとお前を守る」

おれは静かにそう言い、ありすをそっと抱きしめた。痛む鼻からはまだ血が滴っていたが、それでも彼女を抱きしめる力を緩めるつもりはなかった。そしておれはそのあとすぐに鍵屋を呼んで、新しい鍵に変更した。

第9章　駆動

鼻に血まみれの包帯を巻いたまま、おれはモップでひたすらに床を磨いていた。おれにはありすを守ることしか考えられない。だが、そう思っていればいるほど、不安が募っていく。青木の手下の一件がおれを狂わせたのか、それとも、最初からおれは壊れていたのか。そんなことを考えながら、無心で床を磨いていた。

「ねずみ！　鼻、どうしたんだよ？」

作業員仲間のひとりがおれを見て、驚いた顔で問いかけてきたが、おれは無視してモップを動かし続けた。鼻のことなんてどうでもいい。昨日のことで負った傷なんかよりも、ありすのことを考えているほうが何倍も痛い。

「おい、聞いてんのか？　どうやったらそんな風になるんだ？」

と、もうひとりの作業員が茶化すように言ってきた。おれはその言葉に腹立ちを感じながら、モップをより強く押し付けて床を磨いた。

「別にどうでもいいだろ」

おれは低く吐き捨てた。

「おまえ、ますます変なヤツになってんじゃねえかよー‼」

と、そいつが笑って言うのが耳障りだった。そいつの笑い声が、おれの中で膨れ上がる疑心にさらに油を注ぐようだった。こいつらもおれを馬鹿にしてるのか？　おれのことも、ありすのことも、なにもわかってねえくせに。

そのとき、ウィズが職場にやってきた。

「よう、ねずみ君」

いつものように、冷静で、どこか達観していた。おれをいつも心配してくれるが、今はそれが煩わしかった。

「ねずみ君……。その鼻……。大方察しはつくが、本当に、顔色も悪い」

おれは彼を無視した。

「青木は昨日グループホームにいた。手下かなにかがきみの家に来たんだろう」

ウィズの声は冷静だったが、おれは腹の底で何かがふつふつと沸き上がってくるのを感じた。ウィズにわかるわけねえだろ。おれがどれだけありすを守ろうとしているか。もう正直言って限界なんだよ。

そう思うと、言葉が口をついて出た。

「うるせえな……ほっといてくれよ、ウィズ」

おれは冷たく言い放った。ウィズは一瞬驚いたように眉をひそめたが、すぐにいつもの冷静な表情に戻り、おれの方に少し近づいてきた。

「おい、ねずみ君。きみ、なにかに取り憑かれてるみたいだ。ありすさんのことを大事に思うのはわかるけど、きみが今やってること……とても危険だ」

「取り憑かれてるだと⁉」

　おれは思わずモップを床に叩きつけ、ウィズの方を睨んだ。ウィズは一歩後退したが、その目は冷静だった。

「俺は、ただきみのことが心配なんだよ。今のきみは、自分で自分を追い詰めてる。それがどれだけ危険なことか、わかってるのか？」

　ウィズの言葉は真っ直ぐだったが、それが逆におれの神経を逆撫でした。ウィズになにがわかる？　おれのやってることが危険だって？　ありすを守るためなら、おれはどんな手段を取ってもいいんだ。

「おまえには関係ねえ！　おれは、ありすを守ってるだけだ！」

　おれの声が響くと、ウィズは静かにため息をついた。

「それが本当に守ることなのか？　……よく考えろ、ねずみ君」

　その言葉を最後に、ウィズはおれの前から去った。おれは再びモップを握り直し、床を無心で磨き続けた。だが、ウィズの言葉が頭の中でぐるぐると回り続けていた。おれは本当にありすを守っているのか？　それとも、自分勝手なエゴで彼女を縛りつけているだけなのか……。

　夜、買い物を終えて家に戻ると、ドアに張り紙がしてあった。

《昨日夜、住民から苦情アリ。今月末で出ていくこと。管理人より》

　おれはその張り紙をぐしゃぐしゃに丸めて、外の闇の中に力いっぱい投げた。

　ありすは窓際にいた。ただ、今日は、おかえりもなにも、言葉はなく、彼女は窓ガラスに指で何かを描いていた。よく見ると、彼女はずっと同じ模様を繰り返しなぞっている。何度も、何度も、狂ったように……まるでその模様に囚われてしまったかのように。

「ありす……なにしてるんだ？」

　おれは無意識に声をかけたが、彼女は反応しなかった。むしろその手の動きは、ますます加速していく。窓ガラスには無数の線が浮かび上がり、それがなにかを象っているようにも見えたが、おれにはその意味がわからなかった。いや、わかりたくもなかった。

「ありす！」

　声を張り上げたが、彼女は別の世界にいるかのように、こちらを見ようとしない。彼女の手の動きは止まらない。窓ガラスが音を立てて震えるほどに、彼女の指が強く押しつけられている。

　その瞬間、おれの背筋に冷たいものが走った。守らなきゃならねえ。おれは彼女を守るためにここにいるんだ。でも、そのはずなのに、今見ている彼女の姿は、おれの心に深い不安を植え付けた。これは……本当に守るべきものなのか？

　そのとき、電話が鳴った。スマホの画面にはうさぎの名前が表示されている。おれはしばらく躊躇ったが、結局電話に出た。

「……なんだよ」

「ねずみ君、頼む、何があったか、教えてくれないか」

ウィズの声は真剣だった。

「青木の手下のことだ。俺は全部を知ってるわけじゃないが、きみが深く巻き込まれていることはわかる。俺たちの周りで起こってることが、ただ事じゃない。放っておいたら、きみも、ありすさんも、破滅するぞ」

「破滅だと？　おれはありすを守ってるんだ。なにも問題ねえよ」

「ねずみ君、きみは自分がやっていることに気付いていないだけだ。ひとりで抱え込まないでくれ。このままだと、本当に取り返しがつかなくなるぞ」

「……おまえには関係ねえ。おれのことも、ありすのことも、誰にも指図される覚えはない」

電話を切ろうとしたが、ウィズが最後に低く言った。

「お願いだ、ねずみ君。まだ間に合う。俺は助けになりたいんだ」

その言葉を聞いて、おれはしばらく沈黙した。そして、スマホを放って、床に崩れこんで、激しく泣いた。体をよじらせて泣いた。

「ねずみ君‼　ねずみ君‼」

ウィズの声が遠くに聞こえる……結局、おれは、そのまま眠ってしまった。

第10章　パズル

仕事が終わってスマホを確認すると、ラビットからＬＩＮＥが届いていた。

「今日、仕事終わりにグループホームに寄って！　緊急だから……。危ないからありすさんは連れてこなくていい。僕はどうしていいかわからない……」

急に不安が押し寄せた。ありすには、今日は早めに帰るって約束してたけど、ラビットがこんなメッセージを送ってくるなんてただ事じゃない。

足が勝手にグループホームの方向へ向かっていた。なにがあったんだ？　普段なら気にしないけど、青木の件が頭をよぎると、嫌な予感しかしない。おれは歩くスピードを速めた。

ホームに着くと、共同スペースにはふくろうおばさんを含めた数人の住人たちが立ち尽くしていた。ふくろうおばさんの顔を見た瞬間、胸がぎゅっと締め付けられるような感覚が走った。皆の表情が硬い。

「なにがあった？」

おれの声が震えるのがわかった。

ふくろうおばさんはおれを見つめ、深く息を吸い込んだ。

「ねずみ……もぐらが……バラバラにされたのよ」

その言葉が頭の中で反響する。

「……なんだと？」

声がうまく出なかった。

おれの足がガタガタ震えだした。もぐらがバラバラにされた？　殺された？　すぐには状況が飲み込めなかった。どうして、もぐらが……？

「ふくろうおばさん、嘘だろう？　そんなはず……」

おれの声は震えていた。

ふくろうおばさんは静かに首を振った。

「本当よ。警察があなたのアパートの近くで遺体を発見したの。もぐらが最後に外に出たのは昨日……」

「おれたちのアパートの近く⁉」

ラビットが駆け寄ってきて、

「ねずみ、俺たち何もできなかった……」

と、取り乱して言った。

いつも陽気なラビットの顔が、見たこともないほどにぐしゃぐしゃに崩れていた。彼の目は赤く、表情は固まっていた。

青木の手下だろ。おれは確信した。奴らの目的は、おれたちになにかを見せつけるため、つまり、おれとありすを揺さぶるためだ。

「警察は何も分かっちゃいない。もぐらが巻き込まれたってだけだって……ただの事故だってさ」

ラビットはそう言いながら、苛立ちを隠せない様子で爪を噛み始めた。

おれは叫んだ。

「バラバラ殺人なのに、巻き込まれただけだと⁉　本当に警察は事故だと言ったのか⁉」

ふくろうおばさんが言った。

「バラバラ殺人は普通に考えて故意による重大な犯罪よ。だから、なにか、もぐらの事件を『事故』扱いにするのは、なんらかの圧力がかかってるってことだと思うわ。だって、こんなの、『事故』なはずないじゃない。人が勝手にバラバラになるなんて、あり得ないわけだから」

おれはその場で拳を握りしめた。もぐらが殺された……。その衝撃は、言葉にできないくらい重くのしかかった。おれの中で、なにかが切れた気がした。

「許さねえ。あいつらは絶対に許さねえ……」

気がつくと、周りにいた住人たちは誰もが沈黙していた。彼らもまた、恐怖に包まれているのだろう。だがおれは、このまま黙って見過ごすわけにはいかなかった。

りすが言った。

「明日、もぐらの葬儀があるの。彼女が完成させようとしていたパズル、棺に入れることになってるけど……」

「パズル？」

　おれは眉をひそめた。

「そう、あの1000ピースのパズル。もぐらが必死に完成させようとしてたの。でも……最後までできなかった」

　りすの言葉に、おれの中で何かが疼いた。もぐらが苦労していたあのパズルを、今度はおれたちが完成させる。それが、彼女に対する最後の敬意だった。

「ラビット、ふくろうおばさん、りす、かえで、こぐま……。手伝ってくれ。もぐらが残したパズル、絶対に完成させせよう。それで、奴らに見せつけてやる」

　皆は固く頷いた。

　おれはすぐにありすの元へ急いだ。グループホームで起きたことを一刻も早く伝えなきゃならなかった。もぐらが死んだ。それも、普通の死に方じゃない。ありすがこのことを聞いたらどうなるか……頭の中がぐちゃぐちゃだった。

　家に入ると、ありすはいつものように窓際でじっと外を見ていた。彼女の背中が、以前よりも一層か細く見える。おれが帰ってきたことに気づいたのか、ありすはゆっくりと振り返った。

「こんなに遅くまで……。残業だったの？」

　おれは深く息を吸い込み、どう伝えるべきか迷った。できるだけ穏やかに話そうと思ったが、そんなことは不可能だとすぐにわかった。

「……もぐらが、死んだ」

ありすの顔から一瞬で血の気が引いた。その表情を見ると、おれの心の奥がズキリと痛んだ。

「どういうこと？　なんでそんな……!?」

おれはできる限り簡潔に、もぐらが殺されたこと、そしてその遺体がおれたちのアパートの近くで発見されたことを説明した。ありすは静かに聞いていたが、おれにはその沈黙が恐ろしく重く感じられた。

「で、今日は帰りが遅くなる。というか、帰れないと思う。明日の晩まで、待てるか？」

「どうして？」

「もぐらがやってた１０００ピースのパズル、あっただろ。あれを皆で完成させるんだ。葬儀は明日だ。明日は会社を休む」

「わたしも参加させて……お願いだから……」

ありすの声は震えていた。彼女がそう言うのも無理はない。もぐらとは、彼女なりに通じ合う部分があったんだろう。だが、おれは彼女を守るためにも、それを許すわけにはいかなかった。

「いや、ありす。おまえは関わらないほうがいい。外に出ちゃいけない。だいたい、グループホームには青木がいる。おまえがのこのこやってきたら、真っ先に殺されるぞ。青木の狙いは最初からおまえなんだ。このままじゃもぐらの二の舞だ」

おれはありすの手を取り、ゆっくり話した。ありすは俺をじっと見つめた。だが、ありすはおれからすぐに目をそらした。

「……そう」

彼女は短く答えたが、その声には失望が滲んでいた。

おれは、彼女を守っているつもりだが、ありすにはそれが届いていないことを悟った。ただ、彼女は自分が仲間外れにされているだけど思っているんだろう……。だが今は、ありすを家に閉じ込めることしかできなかった。

「ねずみ、わたしに言ったわよね」

「……なにを」

「ひとりにさせないって。一緒にいるって」

「……ごめん。でも今は」

「言い訳は聞きたくない。早く行って」

おれは無言で、ありすに背を向け、部屋をあとにした。

グループホームに到着すると、住人たちはもぐらの葬儀の準備を進めていた。いつもならざわざわと騒がしいホーム内も、その日は重苦しい静寂に包まれていた。リビングのテーブルの上には、もぐらが生前やっていたあの１０００ピースのパズルが置かれている。ふくろうおばさんが、少し俯きながら口を開いた。

「これを完成させて、もぐらの棺に入れてあげましょう。彼女が最期に残したものだから……」

そこにいた全員が静かにパズルに手を伸ばしたその瞬間、背後に感じた嫌な気配におれは振り返った。

青木が薄笑いを浮かべながら、ゆっくりと近づいてきた。

「パズルなんか、なんの意味があるんだ？」

青木の冷笑が響く。青木はおれたちを見下すかのような視線を投げかけ、つかつかとテーブルに近づいてきた。誰もがその場で凍りついた。おれは青木を睨みつけたが、奴は気にも留めず、突然テーブルに蹴りを入れた。

パズルが宙を舞い、ピースが四方に散らばった。その音は、なにか壊れたような、鈍い衝撃音だった。テーブルの上にあったもぐらの最期の記憶は、地面に散らばり、粉々に砕けてしまった。

「これで終わりだな。死んだ奴には関係ねえだろ？」

青木は薄ら笑いを浮かべたまま、背を向けて歩き去ろうとした。

おれは拳を握りしめ、今にも飛びかかりそうな衝動を必死に抑えた。だけど、ここで手を出せば、青木の思う壺だ。奴が望んでいるのは、おれたちが怒りに我を忘れて、自滅することだ。

おれは深呼吸をして、散らばったピースをひとつずつ拾い始めた。住人たちも無言でおれに続き、ピースを手に取ったが、誰も言葉を発しなかった。ただ、その空間には悔しさと悲しみが滲んでいた。

「もう……棺桶には入れられないわね……。葬儀に間に合わない」

ふくろうおばさんがぽつりと言った。でも、ラビットが言った。

「一からやろう。このパズル、もう棺には入れられないけど、完成させてグループホームの壁に飾る。もぐらが望んでいたことを、俺たちがやり遂げるんだ‼」

おれを含む皆は、その言葉に頷き、再びパズルのピースを拾い集め始めた。誰もが心の中で、もぐらとの最期のつながりを感じながら、それを大事にしようとしていた。

青木のせいで、おれたちの決意は一層強くなった。この場所を、そしてありすを守るために、おれはもっと強くならなければならない。

「これが完成したら、必ず壁に飾ろう」

りすが言った。皆が頷いた。そして、また、一心不乱にパズルのピースを拾い集めた。

夜は静まり返っていた。おれたちは、誰も口を開かず、散らばったパズルのピースを見つめていた。

青木が蹴り飛ばして床に広がったピースたちを拾い集めるのに、どれだけ時間がかかったかは、もう忘れてしまったが、それ以上に皆が疲れているのは明らかだった。

「ふう……」

こぐまが大きなため息をついた。

「こんな時間に、俺たち何やってんだろうな」

こぐまがぼそっと呟いたが、誰もそれに答えなかった。ただ、静かに手を動かし、パズルのピースをはめ込んでいく。

おれは、ふと自分の手が震えていることに気付いた。疲れているのか、焦っているのか。いや、そんなことよりも、このパズルを完成させなければならないという思いだけが頭にあった。もぐらのために、そして、青木の破壊から立ち直るために。

ふくろうおばさんは無言で手を動かしているが、彼女の顔にも疲労の色が浮かんでいる。それでも、彼女の動きは正確だ。ピースをひとつひとつはめていくたびに、指先が小さな音を立てていた。

かえでは黙々と作業を続け、時折ピースを持ち上げては、近くのライトの光にかざして確認していた。彼女の顔にも疲労が滲んでいたが、その顔には集中している表情が浮かんでいた。疲れているはずだが、その目は決して諦めていない。

ラビットは座り込んで、あまり器用ではない手つきでピースをつまんでいたが、黙々と作業を続けていた。時々、不器用な手つきでピースをはめようとして失敗するたびに、小さく舌打ちしていたが、誰も彼を責めることはなかった。

「くそ……なんでこんなに難しいんだよ」

ラビットが愚痴をこぼすと、こぐまがニヤリと笑った。

「もぐらがずーっとやってて完成しなかったパズルだぜ？　簡単だったらつまんねぇだろ」

その言葉に、少しだけ空気が和んだ。皆が疲れ切っていたが、どこかでお互いを支え合っているような感覚が漂っていた。言葉を交わさなくても、共通の目的がそこにあった。青木に壊されたパズルを、再び作り直す。それが、この場にいる全員の意思だった。

りすがおれに言った。

「……ありすにはこのこと、言った？」

「言ったよ」

「本当はありすにも手伝ってほしかったけど……」

「青木の狙いはありすだ。もぐらの件は、おれたちへの見せしめだよ」

おれの言葉に、皆が息を飲んだのがわかった。青木の手下が家に来て、おれが鼻を刺されたことは、今言う必要はないと思った。

「……続けようぜ」

皆が頷いた。

時間が過ぎるごとに、パズルの形が徐々に戻り始めた。だが、完成はまだ遠い。それでも、誰一人として席を立とうとはしなかった。深夜の静けさの中、ただパズルのピースがはめ込まれる音だけが響いていた。

そのとき、外から雨音が聞こえてきた。最初はぽつり、ぽつりと静かに始まり、次第にその音は強くなっていく。ふいに、ふくろうおばさんが窓の外に目を向けた。

「雨……葬儀の準備もそろそろ始めないといけないのに」

彼女がそう呟くと、皆が一斉に顔を上げた。もぐらの葬儀が近づいていることが現実味を帯びてきた。パズルを続けている間、誰もそのことを考えないようにしていたのかもしれない。窓の外では雨が降り続けている。まるで、この先の暗雲を象徴しているかのように、冷たい雨が夜の静寂を打ち破っていた。


雨は小降りになったものの、空はどんよりと重たい雲に覆われていた。もぐらの葬儀は、グループホームの近くにある小さな斎場で静かに行われることになった。おれたちは皆、しんとした空気の中、佐藤さんが急いで手配してくれた喪服に身を包み、黙々と列を作っていた。誰も、もぐらの死を実感できていないかのようだった。

斎場に足を踏み入れると、漂う白菊の香りが鼻をついた。そこにはもぐらの棺桶が置かれ、彼女の顔がうっすらと覗けるようになっていた。普段は静かで暗い存在だったもぐらが、今は穏やかな表情で横たわっているのがなんとも不思議な光景に見えた。

「もぐらさん、酒をやめてからは随分と落ち着いてたよ」

りすがぽつりと呟いた。

「あのパズルにも集中してたしね。完成させたかっただろうに……」

ふくろうおばさんが静かに応じた。彼女の声には哀しみが滲んでいた。

住人たちは順に棺の前に立ち、もぐらとの別れを告げていた。それぞれがもぐらとの思い出を振り返りながら、彼女がどれだけ孤独を抱えていたかを痛感していた。彼女は孤独の中で、何度も自分の限界と戦ってきた。酒に溺れた過去があったが、それでも彼女は最後まで立ち直ろうとした。そんなもぐらの姿が、おれたち全員に少なからず影響を与えていたのかもしれない。かえでは号泣していた。こぐまの目の縁にも涙が溜まっていた。もちろん、おれもだ。

葬儀の中盤、突然、雨が強くなり、窓ガラスを激しく叩きつける音が響いた。外では雷鳴もとどろき、暗い空がさらに陰鬱な雰囲気を増幅させていた。そのとき、青木が斎場に入ってきた。彼は喪服も着ないまま、場違いな様子で周囲を見回していた。

なにしに来たんだよ、青木……。おれは心の中で苛立ちを抑えきれなかったが、声に出すことはできなかった。青木は棺の前に進み出ると、もぐらの遺体を一瞥し、冷笑を浮かべた。その場の空気が一気に凍りついた。

「よぉ……もぐら、死んじまったか。まぁ、予想通りだな」

青木はわざとらしく笑いながら言った。住人たちはその言葉に反応しないようにしていたが、おれの中では怒りが膨れ上がっていた。

ふくろうおばさんが、小さな声で呟いた。

「もぐらがどんなに苦労してたか、あんたに分かるわけない……」

それを聞いた青木はふくろうおばさんを一瞥し、さらに不気味な笑みを浮かべた。「苦労？　そんなもん、どうでもいいんだよ。みんな苦労してるんだ。もぐらが何をしてたかなんて、俺には関係ねぇ」

「っていうか、帰ってよ！」

りすが叫んだ。かえでもそれに続いた。

「お願いだから！　今だけは……もぐらを休ませてあげて……」

そのとき、ふと視線が青木の靴に向かった。棺桶のそばに置かれていたもぐらのパズルの箱が、彼の足に近づいていた。

「やめろ……」

俺が声を出そうとした瞬間――。青木は、パズルの箱を蹴り飛ばした。箱は宙を舞い、パズルのピースがバラバラと散らばった。その瞬間、斎場にいた全員が、落胆の表情と共に、殺意を剥き出しにした。でも、行動したのは、おれだけだった。

「おい、青木！　いい加減にしろ！　おまえ、なに考えてんだ!?」

おれは拳を振り上げて青木に駆け寄ろうとしたが、住人たちが青木を睨みながらおれを制止した。

「やめて……ねずみ、今は……」

ふくろうおばさんが静かにおれを諌めた。

青木は冷笑を浮かべたまま、帰っていった。おれたちが途中まで復活させたパズルはまたもや散乱し、もぐらが棺桶に収められる光景は悲しみとともに無惨なものとなった。おれたちは、再び静かな空気に包まれながら、その場に立ち尽くしていた。

葬儀が終わり、四日が経った。雨はあの日以来止み、澄んだ青空が広がっていた。しかし、おれたちの心の中には、あの暗い雲が未だに漂っていた。あの葬儀の場で、青木が蹴り飛ばしたパズル。散乱したピースはそのままにできず、皆が黙々と拾い集めたが、あの一瞬で、おれたちの心はパキッと砕けてしまった。

しかし、今日、キッドから、皆があれからひたすら頑張って、完成が近づいてきたとおれに電話が来たんだ。

その日、仕事終わりにおれは再びグループホームへ足を運んだ。ありすには「今日が最後だ」と言ってある。この最後の仕上げだけは皆で終わらせなければならなかった。完全な日常に戻る前に、もう一度だけあのパズルに向き合いたかった。ふくろうおばさん、りす、キッド、かえで、こぐまが、おれの到着を待っていた。みんな疲れた表情を浮かべていたが、その目には静かな決意が宿っていた。青木の行為が何をもたらそうと、おれたちはあのパズルを完成させるつもりだった。

テーブルの上には、再び一から組み直されたパズルが広がっていた。黄色いクチナシの花畑が形を成していた。

「ありすもクチナシが好きだけど、もぐらも好きだったんだな……。ここが……最後のピースだ」

最後の一片。全員の視線がおれの手に集まっているのがわかった。静寂が包み込む中、おれはゆっくりとそのピースをはめ込んだ。カチリ、と音がして、パズルがついに完成した。

「……もぐら‼」

りすが、完成されたクチナシの花畑を見て、思わず涙を溢した。つられて、おれたちも涙を流した。バラバラになったもぐら。でも、おれたちは成し遂げたんだ、もぐらの意志を。

「飾ろうぜ、このパズル」

おれの提案に、全員が静かに頷いた。パズルは棺桶には入れられなかったけど、グループホームの壁に飾られるべきだ。もぐらが残した、最期の形見なのだから。

こぐまが手早く工具を取り出すと、おれたちが見守る中でパズルを壁にかけた。

「もぐらも、きっと喜んでるはず……」

ふくろうおばさんが小さく呟いた。おれは何も言わず、その花畑を見つめていた。

パズルが完成し、壁に飾られたとき、おれたちの心の中にあるものが少しだけ軽くなった。だが、同時にわかっていた。もぐらの死は、おれたちの生活の中で決して消えることはないってことも。だけど、このクチナシの花畑が、もぐらの存在をおれたちに忘れさせないようにしてくれる。永遠に、ここで。

第11章　赤い水

昼休み、おれはいつものように工場の休憩室でひと息ついていた。スマホを取り出し、無意識に監視カメラの映像を確認するのが習慣になっていた。いつもなら、なんの変哲もない映像が映るだけだ。だが、今日に限って、その画面にはありえない光景が映し出されていた。

スマホの画面にはっきりと映っていた。管理人のじいさんがおれの家に、ありすのそばにいるだけじゃねえ。あいつは、ありすにしゃがみ込み、彼女の身体に手を這わせている。指がありすの肩からゆっくりと滑り落ち、その先に進む。おれは、視線をそらせなかった。まるで悪夢の中にいるような感覚で、全身が凍りついていた。

画面に映る二人が次第に体を寄せ合っている。おれの胸の奥で何かが破裂しそうだった。じいさんの手が、車いすに乗ったままのありすのスカートを引き下ろし、彼女は無抵抗のまま、ただ目を閉じている。その様子が、おれの中で警鐘を鳴らし続けていた。なぜ？　どうして？　ありすがそんなことを……。

しかし、ありすが言った。

「これでわたしはねずみと永遠に一緒にいられるのね」

再生ボタンを何度も押し、もう一度、もう一度と確認し続けた。だが、映像は変わらない。じいさんがありすの体に覆いかぶさり、その行為が映像の中でどんどんエスカレートしていく。

「待て……なんなんだ、これ……」

おれの手が震え始める。頭の中が真っ白になり、息が詰まる。鼓動が耳の奥で激しく鳴り響く。全身に血が上り、怒りで頭が爆発しそうだった。じいさんが、おれの家で、おれのありすに……。

おれは仕事を早上がりして、夕方に管理人室のドアを無言で押し開けた。狭くて薄暗い室内には、安物の家具が雑然と並んでいて、空気には煙草の匂いが染みついている。

じいさんはデスクの前でくつろいでいたが、おれが入ってくると目を丸くした。

「おい、なんだよ、急に入ってきて……」

おれは何も言わず、スマホを取り出し、奴の目の前に画面を突きつけた。映像には、じいさんがありすに触れているシーンがはっきりと映し出されていた。じいさんの顔色がみるみるうちに青ざめていった。

「これ、どこで……」

「どこでじゃねえよ。おまえがおれの家でなにをしてたか、全部記録されてんだよ」

おれの声は低く、冷え切っていた。スマホの画面から目をそらそうとするじいさんに、おれはもう一歩近づき、奴のデスクにスマホを叩きつけるように置いた。音が室内に響き渡り、じいさんはビクッと体を震わせた。

「おまえふざけたことしてんじゃねえぞ。おれの家で、ありすになにしてくれてんだよ!?　……全部、終わりだな」

「待ってくれ！」

じいさんは慌てたように後ろに下がり、言い訳をしようと口を開いたが、おれはそれを許さなかった。

「言い訳なんか聞きたくねえ。おれが言いたいのは一つだ。おまえがなにをしてたかは全部知ってる。それを今からネットに流す。おまえの人生がどうなるか、わかってんだろうな？　老後、オジャンだぜ」

おれはじいさんを見下ろしながら静かに続けた。

「これを世に出すかどうかは、おまえ次第だ。金をよこせ。それが条件だ」

じいさんは苦しげに唇を噛みしめた。狭い部屋の空気が重くなり、奴はデスクの後ろで身動きが取れない。

「……いくらだ」

おれは一瞬、冷ややかに笑った。

「三百万だ。いますぐ持ってこい。さもないと、この映像がすぐに拡散されることになる」

じいさんの額には汗がにじんでいた。奴は何かを言おうとしたが、もう逃げ場はないと悟ったのか、観念したように頷いた。

「わかった……用意するから、少しだけ時間をくれ」

おれは満足げにスマホを手に取り、奴の机を叩きながら言った。

「金が準備できたら連絡しろ。それまでは、この映像はおまえの未来を握ってるってことを忘れんな」

おれは背を向け、じいさんの部屋を後にした。そして自分の家に帰った。

ドアを開けた瞬間に冷たい空気が部屋を包んでいるのを感じた。こんなに寒いのに暖房をつけていないんだ。ありすの名前を呼んでも返事はない。リビングに進むと、ありすは車いすに座ったまま、壁に向かって小さな鏡を手にしていた。彼女の顔はこっちを見ていない。ぼんやりと、自分の頬を鏡越しになぞっている。

「……なにしてる？」

返事はなく、鏡に映る自分の顔を何度もなぞるその動作が異様だった。

「ありす、なにやってんだ？」

おれが再度声をかけると、ありすはようやく顔を上げたが、その目はおれを見ていなかった。虚ろな瞳で、なにか別の世界に囚われているようだ。またか、とおれはもう諦めていた。

「……エマが言ったの」

「エマ？」

ありすの中の「エマ」が出てきた瞬間だ。いつもこうだ。おれはまたしても苛立ちを感じさせるが、それを表に出すわけにはいかない。

「もういい。食事作る」

おれは彼女の様子にこれ以上触れず、キッチンに向かい、簡単な食事を作り始めた。冷蔵庫の中にはろくな食材もない。冷えたご飯と卵、少し残ったキャベツを使って、適当にチャーハンを作った。台所で鍋がカチカチと音を立てる。その音が静まり返った部屋に、不協和音のように響いていた。

チャーハンを二皿、テーブルに並べて、ありすを促す。

「食え」

だが、ありすは車いすでテーブルの近くに寄っても、スプーンを取ろうとはしない。彼女の目は食べ物を見つめたまま、どこか遠くを見ている。

「食欲ないのか？」

おれが聞くと、彼女は首を小さく振っただけだ。

「……なんか、食べる気がしない」

「なんだよ、それ」

「わかんない……」

「わかんないってなんだよ‼　おれはおまえがわかんねえ！」

ありすは明らかにおれを怖がっていた。もうおれはなにも言わず、自分のチャーハンをスプーンですくった。卵とキャベツの香ばしい匂いが漂うが、どこか味気なく感じた。部屋に漂う不安と苛立ちが、食事の時間さえも邪魔してくる。

そのとき、ありすがぽつりと言った。

「エマがね、言ったの。青木は悪くないって」

おれは食べるのを止めた。胸の中に冷たい怒りがこみ上げてくる。

「なんだって？」

「青木は悪くないんだって……エマが言った。あの人はただ、間違った道に進んじゃっただけなんだって」

おれはスプーンをテーブルに置いた。ありすはなにを考えているんだ。青木が悪くない？　なにを言ってる。おれは拳を握りしめ、怒りを抑えた。

「ありす、エマの言うことなんか信じるな。青木がどんな奴か、おまえも知ってるだろ。手下を使って、おれの鼻を刺して、もぐらを、バラバラにしたんだぞ。あの、おまえも知ってる、もぐらだぞ、もぐらを殺したんだ」

「でも……」

「でもじゃねえよ」

おれは立ち上がり、テーブルを離れた。ありすは車いすのままおれの背中を見つめているが、その視線がどこか遠くを見ているように感じた。この家は、おれたちの安息の場所だったはずだ。だけど、今は檻に閉じ込められたみたいだ。ありすも、おれも、出口のない場所でお互いを追い詰めている……。

いつも通り、おれはありすを風呂場に連れて行き、いつものように慎重に彼女を抱きかかえて浴槽に入れた。湯気が静かに立ち上り、おれの手が彼女の身体を支えながら、ゆっくりとお湯に浸していく。

ありすは静かだった。ただおれに身を任せるだけで、いつも通りの無表情。

だが、ふとお湯の色が変わっていることに気づいた。湯気とともに、鮮やかな赤が浮かび上がってきた。血だ。

「ありす……」

おれは目を見開き、彼女の股の間から出血しているのを確認した。お湯の中でゆっくりと広がっていく赤い染み。それは、まるでおれの心の奥に突き刺さるような、鋭い痛みを伴っていた。なにが起こっているのか、すぐには理解できなかった。

「おい……ありす、大丈夫か?」

おれは焦りを押し殺して声をかけたが、彼女はなにも答えない。ただ虚ろな目でおれを見上げているだけだった。その瞳には、もうおれが映っていないように感じた。手を伸ばして血を拭おうとしたが、指先が彼女の肌に触れるたびに、その感触が妙に遠く感じる。おれが彼女に触れているのに、まるでおれの存在を拒んでいるようだった。血が次第に湯に広がり、浴槽の中は薄紅色に染まっていく。

「どうして……」

おれの頭の中で、管理人の映像がよぎった。あいつがありすに触れていた。いや、もっと深く……もっとおれの知らないところで。今、目の前にあるこの血が、その証拠のように思えた。

「嘘だろ……そうか、おまえ、処女だから……」

心臓が狂ったように早鐘を打ち始めた。おれのありすが、もうおれのものではないという現実が、冷たく胸に突き刺さる。身体を支える手が震え出し、冷や汗が背中を伝う。

だが、その一方で、おれはまだ彼女を守らなければならないという気持ちが残っていた。ありすはおれだけのものだ。おれが守ってやらなければ、誰にも奪われるわけにはいかない。だが、この血が、おれの心に決定的な疑念を突きつけてくる。まだおれが守れる……おまえを、まだおれが……。おれは必死に、自分に言い聞かせたが、胸の中で渦巻く感情は、愛か、それとも狂気か、もう自分でもわからなくなっていた。湯船の中で浮かぶ赤い水が、すべての真実を映し出しているようで、目を背けたくなったが、逃げることはできなかった。ありすは黙ったまま、冷たい目でおれを見つめ続けていた。

第12章　逃げ場なし

次の朝、早く、三百万の札束が目の前の机の上に置かれたとき、おれは手が震えているのを感じた。札束の厚み、重み。それが現実だということを、今更ながら実感していた。これで終わるわけじゃない。むしろ、これが始まりだ。おれの内側でなにかが壊れていく音が聞こえた気がした。じいさんは無言で、おれの方をじっと見つめていた。じいさんはもう、なにも言えなくなっていた。おれに逆らう術を完全に失っている。

「こんな大金、一晩で準備できるなんて、さぞこのアパートの金の不法操作をやってんだろうな。じいさんよ。補助金とか、寄付金とか、横流ししてんだろ」

「……」

おれは札束を受け取り、冷静さを装いながら立ち去ろうとしたが、心の中では嵐が吹き荒れていた。

「もう二度と、ありすに近づくな」

おれは最後にそう言い放ち、管理人室を出た。

札束を手にしたまま、おれは自動車工場の方に足を向けた。だが、どうしてもその足が重い。工場の明かりが見えた瞬間、おれはもうどうでもいいという気持ちを抑えることができなかった。これ以上、あそこに戻る意味なんてない。三百万がある。これでしばらく、すべてをありすのために捨てることができる。おれは深く息を吸い込むと、ふと立ち止まり、遠くもなく近くもない工場を見つめた。おれはスマホの電源を切った。リーダーからの着信も無視した。彼は清掃員の仕事を紹介してくれて、家まで探してくれて、自転車までくれた。そんなふうに、優しく接してもらったのに、電話を無視するなんて……。おれは自分が情けなくて情けなくて仕方なかった。

部屋に戻ると、ありすはいつもと違う表情をしていた。窓の外を見つめ、なにかを考えているようだった。部屋の空気は重く、なにかが違っていた。おれはふと、胸の奥がざわめいた。

「ありす……どうした？」

声をかけると、彼女はゆっくりと振り向いた。

「……青木が来るのよ」

「はぁ……!?　なに言ってんだありす！」

「予感がするのよ」

「変なこと言うなって……」

「わたしももぐらさんのパズルを一緒にやりたかった!!」

ありすは信じられないくらいの怒声をおれに浴びせた。物凄い剣幕だった。

「……それはわかるけど」

「だったらなんで!?」

「次はおまえを殺すっていう見せしめでもぐらがバラバラにされてんのに、おまえが青木のテリトリーに入ったらダメだろうが‼　手下が言ってただろう。車いすの女を犯したい、青木はおまえを気に入ってる、って。殺されたいのか⁉　おまえ、殺されたいのか⁉　もぐらの死をなんだと思ってるんだ⁉　っていうかもうこの話、何回目なんだよ……いい加減わかってくれよ……ありす……」

おれは頭をかきむしりながら言った。

「青木の手下がもぐらさんを殺したって、警察が本当に言ってるの？　それ、あなたの妄想じゃない？」

「……妄想っておまえ……」

「だって警察は事故って言ってるんでしょ？　バラバラ死体も見てないんでしょ？」

「棺桶の中をおれは見たよ。顔だけは残ってた。下はバラバラだったから隠されてた！」

「だったらなぜ警察は事故というの」

「それは……警察は……本当のことを隠してるに決まってんだ。青木みたいな奴が裏で動いてるんだよ、あいつが金か何かで警察を黙らせたに違いねえ。青木は力を持ってるんだ、ここら一帯を支配してる。警察だって逆らえないんだよ！」

「でも青木がそんな大物なら、グループホームにいるわけないじゃない」

「……そう思うか？　でもな、ありす、あいつはただの住人じゃないんだ。グループホームなんて隠れ蓑にすぎねえ。あいつは、もっと深いところで暴力団とかと繋がってるんだよ。だから、わざわざグループホームに身を潜めてるんだよ」

ありすは目を細めて、じっとおれを見つめた。

「言い切れるの？」

おれの中で、焦りが湧き上がってきた。どうしてわかってくれないんだ。青木はただの人間じゃない。奴は、この世界のルールとは違うところで動いてるんだ。

「……おれの妄想だなんて、そんなわけねえだろ！　おれは何度も見てきたんだよ、あいつの周りの異常なことを！　もぐらがバラバラにされたのも、青木が関わってるに決まってんだ！」

「でも、証拠がないんでしょ？」

「だったらおまえは青木と仲良くしてろ‼　今までおれがおまえを……どれぐらい守ろうとしてきたかなんて……」

おれの声は途切れた。言葉にしようとするほど、胸の中の苛立ちが増す。ありすはなにも言わず、おれをじっと見つめている。その目には、不安や恐れが混じりながらも、どこか冷静さを保とうとしているようだった。

おれは拳を強く握りしめ、どうにか怒りを抑え込もうとするが、抑えきれなかった。これ以上、ありすと言葉を交わしても無意味だということがわかっていた。だから、おれはそれ以上なにも言わずに、重く息を吐いて、部屋から立ち去った。ありすは背中越しに、なにかおれに言いかけたようだったが、もうその声は聞こえなかった。

おれはしばらくネットカフェで時間を潰し、三百万の札束を手に、繁華街へ向かった。冬だったから、夕方でももう十分暗かった。明るいネオンに包まれ、人々のざわめきがあちこちから聞こえてくる。誰もが笑い、誰もがなにかに夢中になっているかのように見えた。足早に歩く人々、店から漏れる音楽、車のクラクション、すべてが一斉におれの耳に飛び込んでくる。

だが、そのざわめきの中でおれはひとりだった。ポケットに詰め込んだ三百万の重みが、おれを現実に引き戻そうとしていた。金がある。今ならなんだってできるはずなんだ。でも、なにをするっていうんだ？　これはありすとの時間を作るために、ありすを守るために、脅迫して奪った金なはずだろ？けれど、ありすは……。おれの心の中にぽっかりと開いた穴は、こんな札束では埋まらなかった。ふと立ち止まった。目の前にはカップルが楽しそうに笑い合っている。手を取り合い、なにもかもが順調だと言わんばかりの幸せそうな顔だ。おれはその姿を横目で見ながら、心の中で吐き捨てた。

「おれは……こんなところで、なにをやってるんだ」

人混みの中にいるはずなのに、どこか遠くにいるような感覚があった。繁華街のざわめきは、おれの孤独をさらに際立たせるだけだった。どこに行っても、誰といても、この孤独は消えない。金があっても、答えは見つからない。

おれはスマホを取り出した。画面に映し出されたのは、家に設置した監視カメラの映像だ。手が震えていた。見るべきじゃないと思いながらも、画面に指を滑らせ、カメラの映像を再生した。

ありすは車いすに座っているが、様子がおかしい。両手で髪を引っ張り、口元では何かを呟いているように見える。声は聞こえないが、笑っているようにも見える。しかし髪は乱れ、目は虚ろ。別人のように、車椅子をガシャガシャと乱暴に揺らしながら、なにかに取り憑かれたようになっていた。

「ありす……」

おれは思わず声を出したが、スマホの向こうにいる彼女にはもちろん届かない。おれがありすをひとりにしたことで、彼女が自暴自棄になっているのは明らかだった。映像の中の彼女は、壁に向かって物を投げつけ、叫んでいる。クチナシの花が床に散らばり、壊れた花瓶が転がっていた。あの花は、ありすにとって特別なものだったはずだ。それが無残にも砕け散っている。おれの心臓がドクドクと音を立てた。

「ありす、おまえ、本当は、どうしたいんだ……」

彼女は続けて、鏡を掴み、それを思いっきり窓に叩きつけた。ガラスが割れ、ありすの手は血まみれになっている。表情は激しく歪んでいて、なにかに耐えきれない怒りや絶望を抱えているのが明らかだった。もう鏡は割れてるっていうのに、ありすはその動作をやめなかった。

スマホの画面を見つめ続けるおれは、息が詰まるような感覚に襲われた。彼女はもう、自分を保つことができなくなっている。おれが必死に守ってきたはずのありすが、完全に崩壊している。突然、彼女がカメラの方を向いた。目が合ったような錯覚に襲われ、思わずスマホを握りしめる。彼女の唇がなにかを伝えている、ように見えた。

「……帰ってきて」

おれの頭の中で、彼女の声が響いた。もちろん聞こえたわけじゃない。でも、彼女が言っているような気がした。

「……ありす……」

おれは完全に思考停止状態に陥った。ありすの異変を見て、おれは自分の無力さをしみじみと感じていた。

スマホが振動した。画面に「こぐま」と表示されている。なんの用だよ、と一瞬苛立ちながらも、無意識に通話ボタンを押した。

「よう、ねずみ！　今どこだよ？　元気してんのか？」

こぐまの無邪気な声が耳に響く。その明るさが、今のおれには重たすぎる。

「……ああ、まあ、なんとか」

「そうか、良かった。今度、ダブルデートでもしようぜ！　おまえとありす、俺とかえでさ！」

ダブルデート……。なんだ、それ。まるで普通のカップルみたいじゃねえか。そんなこと、今のおれとありすにできるはずがない。でも、こぐまの発したその普通の響きが、なんだか遠い夢みたいでさ、おれは泣きそうになってしまった……。

「ダブルデートか……」

「そう、ダブルデート！　ありすが調子いいならさ、楽しそうじゃん！　行こうぜ！　今、冬だから、綺麗なライトアップでも見に行くとかさ」

「ああ、まあ……でもさ、羨ましいな、それ」

「羨ましいって、別にそんな難しいことじゃないじゃねえか！　四人で楽しくやろう！」

　こぐまの言葉が耳に響く中、スマホの画面には、ありすが今も自暴自棄になっている姿が映っていた。壁に頭を押し付けて、なにかを繰り返し呟いている。それがなにかは聞き取れなかったが、おれには十分すぎるほどの狂気が伝わってくる。

「うん……またな」

　おれは適当に返事をして通話を切った。胸の中に広がる孤独感が、底なしの沼のようにおれを飲み込もうとしていた。

　突然、二人の警官が歩道の向こうからおれをじっと見つめているのに気づいた。胸のあたりがざわつき始めた。なんだか、嫌な予感がした。すぐに道を反れればいいものを、足が勝手に止まってしまったんだ。

「すみません、ちょっとお話よろしいですか？」

　警官のひとりが声をかけてきた。彼の目が、じっとおれの顔を探るように見ている。

「……なんですか？」

できるだけ自然に返事をしようとするが、心臓の鼓動が早くなっているのが自分でもわかった。なにも悪いことはしてないのに、ポケットの中の札束がどうにも不自然に感じられ、妙に手に汗がにじんできた。

「少し、お話聞かせてもらえますか。お名前と、免許証かなにかお持ちですか？」

もうひとりの警官が、ゆっくりと近づいてきた。おれは無言で免許証を取り出し、彼らに手渡した。

二人はおれをじろじろと見ながら、免許証を確認する。肩に力が入る。なんでこんなに緊張してんだ？

なんで、おれはこんな風に警官を前にして焦ってるんだ？

「どちらに向かわれてるんですか？」

「少し、怪しいと思われるような行動が見られたので……」

怪しいだと？　なにがだ。こいつら、なにを疑ってやがる？　なにもやってねえ。

「……いや、ちょっと散歩してただけです」

「じゃあ、そのコートからはみ出ている札束はなんですか？」

その一言で、完全に状況が変わった。二人の視線が、おれのコートのポケットに集まっている。焦りが一気に全身を駆け巡った。三百万の札束が不気味に存在感を増してくる。おれはできるだけ冷静を装ったが、ポケットの中で指が強ばってしまっている。

「ちょっと確認させてもらっていいですか？」

「いや、なにも問題ないです……」

「そうですか。じゃあ、念のため見せてもらえますか？」

おれはため息をつきながらポケットから札束をゆっくりと取り出し、彼らの前に差し出した。二人の目が大きく見開かれる。

「これは……なんのお金か説明できますか？」

ひとりの警官が、札束を手に取り、じっくりとそれを見つめる。金の束が警官の手でひっくり返され、まるで犯罪の証拠品のように扱われていることに、腹が立った。

「ただの金です。特に問題はないはずです」

「こんなに大量のお金を持ち歩いてる人、普通じゃないですよ。どこで手に入れたんですか？　なんの目的でこれを？」

質問が次から次へと飛んでくる。おれはただ冷静を保とうと努めたが、頭の中はぐるぐると回り始めていた。こいつら、一体、なんなんだ……。

「いや……ちょっと、事情があって……」

「ちょっと署まで来てもらえますか？」

二人の警官はおれを取り囲むようにして、強制的に連れて行く準備をし始めた。完全に不審者扱いだ。なにもやましいことはねえはずなのに、おれはなぜこんな目に遭ってんだ？　こんなことしてる場合じゃねえのに……ありすが、待っているんだ……。

数時間が経過した後、ようやく解放された——でも、そう簡単に済んだ話じゃなかった。おれは取り調べ室に閉じ込められ、まるで時が止まったように感じていた。

「もう一度、お金のことについて説明してもらえますか？」

テーブルの向こう側に座った警官は、終始冷たい視線でおれを見ていた。彼の目は、まるでおれがすでになにか犯罪を犯したと確信しているかのようだ。手元には札束が置かれ、淡々とその紙幣を数える動作が繰り返されている。

「どうしてこんな大金を持っているんですか？　どこから手に入れたんです？」

しつこい、しつこすぎる。警官たちは、おれがなにも言わなくても、なにかを引き出そうとしてくる。口数が少なければ少ないほど、彼らの態度は苛立ち、そして厳しくなる。

「黙っていても解決しませんよ。これじゃあ、ますます怪しまれるだけです。……本当に、なにか犯罪に関わってないんですか？」

汗が額から垂れ、背中にもじっとりとした不快感が広がる。冷たい椅子の上で、手をじっと組んで自分を落ち着けようとしたが、頭の中は警官の質問でいっぱいだ。

「答えないと、ここから出られませんよ」

その一言が重くのしかかった。おれはついに重い口を開いた。

「……これは、ある人からもらったんだ。ただの借金の返済です」

警官の顔には微かな不信感が漂っていた。彼は机の上の紙に何かを書きつける。彼が書き込むペンの音が部屋全体に響いている。

「誰から？」

その質問に、おれはどう答えればいいのかわからなかった。管理人の名前を出せば、さらに面倒になる気がしていた。口を開くたびに、なにかしらの矛盾が生まれる。頭の中が混乱し、答えるべき言葉が浮かんでこない。数分間の沈黙が続いた。警官たちはじっとおれを見つめ、なにも言わない。

部屋は冷たく、外の時間感覚がまったくわからなくなっていた。時計の音だけが響き、焦燥感が胸に広がっていく。

「……わかりました。これ以上の取り調べは、今日は不要としますが、まだ調査は続きます。しばらくはこの件について連絡がありますから、協力してください」

結局、そう告げられ、おれはようやく釈放された。しかし、外に出た瞬間、まるで身体全体が鉛のように重く感じられた。何時間も閉じ込められていた感覚が全身にまとわりついて、足が前に進むのも辛い。

外に出た瞬間、冷たい夜風が身体に染み込み、昼間の時間の流れが遠い昔のことのように感じられた。

すでに夜も深く、繁華街の明かりが、先ほどよりもびかびかと街を照らしている。正直言って今すぐ彼女の元へ戻るのは辛かったが、そんなことは言っていられない、とにかく早くありすの元に帰らなきゃならない——いい加減、これ以上、彼女をひとりで放っておくわけにはいかない——そう思いながら、おれはポケットからスマホを取り出した。

画面をタップし、監視カメラの映像を確認する。ほんの一瞬、心臓が冷たく縮み上がる感覚に襲われた。ありすの様子がおかしい。画面には、彼女が車いすから無理に立ち上がろうとし、その度に失敗して座り込んでいる姿が映っていた。明らかに普段とは違う。彼女はなにかに焦っているようで、苦しそうにしていた。

「どうしてこんな時間に、まだ起きてるんだ……？」

おれは焦りと不安が頭の中を駆け巡るのを感じながら、再び画面を凝視した。そして次の瞬間、ありすが部屋の中を切り裂くように叫んだ。

「美容院‼」

そうして、ありすは、車いすで玄関の方へ向かい出した。今この瞬間、ありすになにが起きているのか、理解が追いつかないまま、おれは走った。家に帰らなければ……。

第13章　血の契約

おれはスマホを見ながら走っていたが、どうしても息が切れて、思わず座り込んでしまった。ありすが玄関に向かう。駄目だ、駄目だ、ありす……!! 出るんじゃない！

ありすが車いすのブレーキを外し、体を無理に押し上げようとした瞬間、玄関のドアが乱暴に叩かれた。その音で、ありすは一瞬固まった。

「誰だ……？」

おれは思わず声に出したが、あたりまえに返事があるわけがない。足音が玄関先から響き、次にドアが静かに開かれる音が聞こえた。スマホ越しに見た映像には、青木が入ってくる姿が映っていた。

「ったく、鍵かえやがってよ。苦労したぜ……」

青木の低い声が、部屋の中に吸い込まれるように響いた。そして、彼の目がありすに釘付けになった。

「やめて！」

青木はすぐに彼女の後ろに回り込み、車椅子の背もたれを両手でしっかりと掴んだ。ありすはその強い力に一瞬で動きを封じられ、必死に抵抗しようとしたが、車椅子に座ったままでは彼の力に抗うことができなかった。ありすは一言も発しない。ただ、彼女の顔がわずかに歪んだのが見えた。笑っているのか、それとも泣いているのか――判断がつかなかった。しかしありすは青木を思い切り車いすの車輪でなぎ払い、キッチンの辺りに車いすを素早く移動させた。おれは、スマホの画面を見つめながら、胸が冷たくなっていくのを感じていた。

青木はまたしてもゆっくりと歩み寄り、ありすの肩に手を置いた。瞬間、ありすの体が小さく震えたのが見えた。だが、彼女はそのまま青木に身を委ねるように思えた。彼女の細い指が、青木の手に軽く触れる。

「ありす……？」

青木の手が、彼女の首筋を撫でるように動き、彼女の耳元でなにかを囁いた。

すると突然、ありすはキッチンの上にあった食器を手に取り、青木に向かって投げつけた。皿が音を立てて割れる。コップが青木の胸にぶつかり、割れて飛び散った。

「おいおい……ありすちゃん」

青木は一瞬驚いた顔を見せたが、次にはもうさらに興奮したような笑みが浮かんでいた。

「抵抗するってわけか……いいぜ、もっと見せてくれよ。おまえを放って出て行ったねずみのこと、まだ愛してるってわけか」

青木はありすに向かってさらに歩み寄る。その動きは先ほどとは変わって攻撃的なものになった。ありすはもう一度キッチンのものをかき集め、再び青木に向かって投げつけた。だが、青木はそれを片手で防ぎながら、ありすの腕をつかんだ。

「やめろ……！」

おれの心臓は跳ね上がった。ありすが青木の手から逃れようと必死で抵抗しているのが見えたが、彼女の力は弱々しかった。青木はますます興奮し、荒々しく彼女を引き寄せる。

「……やっぱり、おまえは最高の女だ。俺の思い通りにしてやる」

青木がさらに興奮した声で言うと、ありすは急に動きを止めた。そして、ありすは無表情のまま、包丁を掴んだ。おれはその瞬間を、ただ見守るしかなかった……。青木はまだ興奮したまま、ありすに顔を近づけた――その瞬間、ありすの包丁を握った手が大きく振りかぶられて――。だが、青木はその刃が振り下ろされる寸前、動きを察して反射的に腕で防ごうとした。包丁が青木の腕に食い込み、深い傷を負わせたが、致命傷ではなかった。青木はありすの髪の毛を引っ張って吠えた。

「このキチガイ女‼　黙って犯されてろって‼」

青木は腕を抑え、ありすを殴った。そして青木は包丁を奪おうとしたが、ありすの力が予想外に強かった。青木の腕を振りはらった瞬間、ありすは今度こそ躊躇なく包丁を振り下ろした。

鋭い刃が肉を切り裂く音が響き、青木の顔に驚愕と痛みが浮かんだ。彼の体は一瞬後ずさりし、腹から血がじわりと溢れ出した。しかし、ありすはそのまま手を離さず、包丁を引き抜くと再び青木に向けて振り下ろした。「ありす！　やめろ……！」

おれはなんで今家にいなくて、なんでこんな状態を止められないのか、心底自分に絶望していた。ありすの顔は、もはや冷静さを失っていた。無表情のまま、包丁を青木の体に何度も何度も突き刺した。刃が青木の腹、胸、腕へと深く食い込み、肉を抉る音が部屋中に響き渡る。青木は最初の数回、呻き声を上げながら必死で抵抗しようとしたが、すぐに力を失い、地面に崩れ落ちた。ありすは車いすに座ったまま、青木が動かなくなったあとも、容赦なく刃を突き立て続けた。青木の呻き声がかすれる中、ありすの動きはそれでも止まらなかった。血が彼女の腕を濡らし、返り血が飛び散っていた。包丁を振り下ろすたびに、青木の体はわずかに痙攣し、まるで命がゆっくりと抜けていくように見えた。

ありすの呼吸は荒く、血にまみれた包丁を握りしめたまま、青木の体に止めを刺すかのようにさらに強く、正確に刺し続けた。腹、胸、首——刃が刺さるたびに、血が勢いよく飛び散り、青木の命が断たれていくのがはっきりと見て取れた。最後にありすは一度、深く包丁を青木の胸に突き刺したまま、しばらく動きを止めた。包丁を握ったまま、車いすの上で、ぜぇ、はぁ、と声を荒げ、そして、ついに、ありすの手のひらから包丁がゆっくりと滑り落ちた。彼女の手は震えていたが、目は虚ろなまま、青木の動かない体を見下ろしていた。そしてありすは、窓際へ車いすを移動させた。そして、カーテンを開き、ライトアップされている美容院の看板を、見つめていた。

家のドアを開けた瞬間、おれはあまりの異臭で噎せた。人が死ぬと、こんな匂いがするんだ、とぼんやり思いながら、おれは窓際にいるありすにはあえて声をかけず、部屋に横たわった無残な青木の死体を見た。周囲には無数の血痕が飛び散っており、青木の腹の下は血の海だった。

返り血を浴び、全身が血に染まったありすが、こちらへ車いすを回転させた。

「ねずみ、おかえりなさい」

「……ただいま」

「あのね」

「うん」

「寂しさって、人を殺すのよ」

「……おれが出て行ったから」

「でもあなた、戻ってきてくれたのね」

「戻ってきたよ……」

「なら、もう、全部、いい」

おれは思わず駆け寄って、ありすを抱きしめた。

「ごめん、ごめんな、ごめん。ごめん、ありす……愛してる。心の底から愛してるよ」

おれは泣きじゃくりながら、ありすの膝で泣いた。

青木の死体が冷たく横たわっているのを見つめながら、おれはこれからなにをすべきかを考えた。おれはある決意を固め、彼女をこの状況から引き戻すために、ひとつの方法を思いついた。

「……風呂に入ろう、ありす」

おれは静かに彼女に声をかけた。彼女の体は固まったままだが、その言葉に微かに反応したようだった。おれはそっと彼女の肩に手をかけ、彼女の血にまみれた手を握った。

「おれが……おまえをきれいにしてやる」

おれは車いすからありすを抱き上げ、彼女の体を支えながら、風呂場へと向かった。足元には青木の血がまだべったりと残っていたが、そんなことは気にしていられなかった。ただ、ありすをこの狂気から救うために、行動を起こさなければならない。おれがいま、彼女を守らなければ、すべてが終わってしまう。

おれは風呂場のドアを開け、湯を張る準備を始めた。黄色いクチナシの花は枯れかけていたが、まだ優しい匂いをかろうじて放っていた。湯気がゆっくりと立ち上がり始め、静かな音が風呂場に響く。おれはありすを湯の中にそっと入れた。

「まだ溜まってないけど、寒いから、入っててくれ。おれも、今日は、一緒に入るよ」

「そう。初めてね、湯舟に一緒につかるの」

「ああ……」

「いつも洗ってもらってばかりだったから、嬉しい」

おれは、靴箱の一番下の段に隠してあった、シリンダーに入ったシアン化ナトリウムを持ち出したが、ふと手を止め、彼女を見つめた。ありすは、虚ろな目で風呂場の天井を見つめていた。その姿に、おれは胸が締め付けられるような感覚を覚えた。愛している。おれは彼女を守るためにここにいる。おれは心底ありすを愛している。最初に、メモを書いたときと同じ気持ちだ。湯気が立ち上り、風呂場が蒸気でどんどん満たされていく……。

だが、頭の中にはひとつの邪念が渦巻いていた。おれとありす、このまま、本当に……？

おれはなんだか夢のなかにいるような気持ちだった。しかし、それを遮るように、玄関のチャイムが何度も何度も鳴っていた。もう、無視してもいいんじゃないか。と思ったが、知った声がおれに刺さった。

「ねずみ‼　開けろって‼　俺だよドゥーム‼　いいから今すぐ開けろ馬鹿‼」

おれは迷ったが、ドアを開けた。

「早く開けろっっっーの！　青木が夜、グループホームから抜け出したんだ。お前ら、被害はないか……って……」

だが、ドゥームの目はリビングに転がった青木の死体を捉えたようだった。ドゥームの表情は凍りついた。

「……なんだよ……これは……」

血だまりの中に沈んだまま動かないその青木の姿を見て、ドゥームは言葉を失った。目の前にある現実が信じられないように、口を開いたまま硬直していた。

「おい……ねずみ……これは……青木だよな？」

おれは頷いた。ドゥームの顔には、次第に恐怖と混乱が浮かび上がっていった。

「どうして……こんなことになってんだ……おい、説明してくれ……」

「説明しても伝わんねえよ」

「なんだよそれ、でも、これ、警察呼ぶしかねえだろ……？」

「いや……呼ばない。誰にも言わねえ……」

おれは冷静に言った。ドゥームは驚いたように顔を上げ、混乱した目でおれを見つめた。その目には、焦りと恐怖が色濃く浮かんでいた。ドゥームの体は小刻みに震え、まるでその場から今すぐ逃げ出したいような雰囲気を漂わせていた。

「おまえ、正気かよ……？　青木がこんなことになってんだぞ？……俺たち……もうおしまいだよ……」

「別におまえは終わらないよ。終わるのはおれとありすだ」

「おまえがやったのか……？」

ドゥームの声が震えていた。

「ありすが……やったんだ」

おれが淡々と告げると、ドゥームは信じられないという顔でおれを見返した。

「で、おまえら、これから、どうするつもり……？　まさか、それはないよな。いやそれはない」

「おれたち、おまえの頭でいま考えたことになるはずだ。おまえには一切関係のないことだよ。おれは、ありすを守るために、やるんだ」

「ちょっと待てって。おまえ、頭冷やせ‼　一切関係ないだなんて、そんな悲しいこと言うなよ‼　よく考えろ。おまえがそんなことをしても、ありすもおまえも救われない。頼むから考え直してくれ。まだ方法はある」

おれは一瞬戸惑った。

「おまえにはわからないんだ、ドゥーム。この世界がどれだけ残酷か、おれたちがどれだけ追い詰められているか。もうこれしか……方法はないんだ……」

ドゥームはおれの手を掴んで、強く訴えた。

「ねずみ、ありすを守りたい気持ちはわかる。でも、彼女を死に追いやるのが本当に正しいのか？　俺たち仲間だろ。親友だろ。一緒に考えよう。例えば、森に青木の死体を運んで、バラして埋めたら、絶対に気づかれやしない‼　そんで、おまえらは、生きて、ふたりで幸せになるんだ」

おれはドゥームの言葉に一瞬動揺した。おれは呆然と立ち尽くした。

「おれ、間違ってるのか？　ドゥーム……？」

「間違ってるよ。すぐ俺、グループホームの車出してくるから。青木を森に運ぼう。俺ひとりが疑われるのはいいんだ。俺はどうなったって構わねえ。おまえには本当によくしてもらったから。だから、おまえたちを、人生が終わるその日まで、きちんと、添い遂げさせてやりたいのさ……‼」

おれはそのドゥームの言葉に涙をこらえた。だが、言った。

「ありがとう。ドゥーム。本当にありがとう。本来なら、そうしたかった。でも、もう、決めたんだ。おまえには止められない。ありすを法の裁きから守って、尊厳を保つのにはこの方法が一番なんだ。そんで、それは、おれがやるべきことなんだ」

ドゥームの顔が一瞬、険しく歪んだ。彼の目が鋭くなり、感情が爆発するのがわかった。

そう思った瞬間、ドゥームが手を伸ばしておれの胸ぐらを掴んだ。力強い手が、ぐいっとおれを引き寄せる。おれもすぐに反応し、彼の腕を振りほどこうとしたが、ドゥームは容赦なく力を込めてきた。

「……わかった。おまえがその気なら、俺がありすを連れていく‼」

「やめろ！　ドゥーム、手を放せ！」

だがドゥームは聞き入れなかった。おれを壁に押し付け、さらに力を強めてくる。おれの呼吸が苦しくなり、体が無意識に緊張した。おれは反撃しようと、ドゥームの腕を掴んでねじろうとしたが、細いくせに彼の体力は圧倒的だった。

「おまえは狂ってる！　ありすを巻き込むな！」

ドゥームが吠えた。おれも必死に抵抗し、彼を押し返そうと体をねじるが、ドゥームの力は強く、まるで動けない。おれは息を切らしながら、腕を振り回し、彼の顔を殴ろうとした。しかし、ドゥームはすぐに身をかわし、おれを床に押し倒した。

「おれは……やめるわけにはいかねえんだ！」

おれは叫びながら、体をねじり、ドゥームを押し返す力を振り絞る。彼の腕を振りほどき、なんとか彼を後退させた瞬間、おれもドゥームの胸を両手で強く押し返した。

「おれは、ありすを守るために、こうするしかねえんだ！　おまえにはわからないだろうが、ありすはおれの命なんだよ！」

ドゥームは息を切らしながら立ち上がり、冷たい目でおれを見つめていた。しばらくの沈黙が部屋を包む。だが、次の瞬間、ドゥームは再びおれに向かって突進してきた。おれはすぐに彼の体を受け止め、二人で床に倒れ込んだ。拳がぶつかり、互いの体がぶつかり合う激しい音が部屋中に響いた。

「これで終わらせるわけにはいかねえ！」

ドゥームの声が耳元で響いた。おれは、全力で彼を押し返し、体を捻りながら彼の顔にパンチを見舞った。ドゥームの体が一瞬緩んだのを感じ、すかさず立ち上がり、彼をさらに突き飛ばした。ドゥームは壁に激突し、息を整えながら立ち上がろうとしたが、力なく倒れ込んだ。

「これが……おれの選択だ……ドゥーム……止められねえんだ」

おれの息は荒く、全身が震えていた。もう、ドゥームは立ち上がろうとはしなかった。

ドゥームは悲し気に頭を垂れた。

「わかった。ねずみ、でも、覚えていてくれ……おまえがどんな決断をしても、俺は絶対におまえを責めない。でも、本当にそれが正しいかどうか、もう一度、考えてくれ」

ドゥームは、そう言って部屋を去っていった。

おれは、シアン化ナトリウムを再び取り出した。

「ねずみ？」

「ありす、どうかしたのか？」

「お湯がたくさんで、あふれちゃった！　早く入ってきて！」

ありすが楽し気に言った。

「わかった。今すぐ行くよ」

おれはその場で服を脱ぎ捨て、風呂場へ急いだ。

湯舟のなかで、ありすは微笑みながら言った。

「ねずみ、あなたがいてくれたおかげで、わたしはここまで生きてこられた。お母さんのペンダントも、わたしを支えてくれてたけど、傷つけられちゃったでしょ。今は……今は、あなたが唯一の家族」

おれはその言葉に胸が締め付けられる思いだった。彼女がどれだけおれに寄りかかっていたのか、そしておれがその重荷をどれだけ投げ捨ててきたのか。考えると、後悔が押し寄せて、涙が止まらなかった。

「おれも、ありす……。おまえが、おれの、すべてなんだ。おまえを守りたい。ただそれだけなんだ」

「ありがとう、ねずみ」

その言葉の重さに、おれは一瞬息が詰まった。彼女の手が、お湯の中でおれの手を握りしめた。細い手だった。それでも、その手がどれだけおれを救ってきたのか、そのぬくもりがどれだけおれの暗闇を照らしてくれたのか、知っていた。

「あなたと一緒にいることで、わたしは本当に救われた。だから……一緒にいよう。最期まで」

「そうだな……一緒に、最期まで」

そう言った瞬間、ふとおれの鼻をかすめる香りがあった。湯気の中に、微かに漂う黄色いクチナシの匂い。風呂場の隅に置かれていた小さな花瓶から、その甘くてどこか懐かしい香りが広がっていく。

「ねずみ。これからもずっと、わたしたちは一緒」

その言葉を口にしたとき、クチナシの匂いがより強くなり、胸の奥にじんわりと染み込んでいく。おれたちの最後の時間を包み込むように。

「離れないよ。おまえを守るために、おれは最期までそばにいる」

そしておれは、シアン化ナトリウムを湯舟に注ぎ込んだ。ああ、エマだ。エマがやってきた。エマがおれたちに向かって笑いかけている。悪くない。平穏を見つけられそうだ。なあ、祈っててくれよ。天国ってものが、本当に存在するのなら……そこでまたおれとありすが、一緒に、暮らせるってことをさ。

大人のいない世界

吉村萬壱

小学四年から大学途中まで、私は大阪府枚方市に住んでいたので、牧野楠葉というペンネームを見た時、これは京阪電車の停車駅「牧野」と「楠葉」に違いないとピンときた。牧野も楠葉も私には馴染みの生活圏だったからだ。私は還暦を超えているので、牧野氏とは三十歳以上離れている。彼女は高校時代に私の小説『ハリガネムシ』を読んで衝撃を受けたそうで、以後ファンであるらしい。X（旧ツイッター）のDMによって我々は繋がった。この度、解説と帯文を依頼されたのはこのような経緯による。

小説『子供の情景』はスリリングで、とても興味深いテキストであると思う。

以下、ネタバレを省みず、自分なりに解説してみたい。

この小説の語り手のねずみは、グループポームに新しく入居してきた車椅子の女性ありすを一目で愛してしまう。ありすは統合失調症を患う四十三歳、ねずみは鬱病の三十一歳。そして時を置かずしてねずみは「彼女がいなければ、おれはただの抜け殻だ。おれのすべてが、ありすを守るために存在しているんだ」とまで思いつめるようになる。一体何からありすを守るのか、敵の正体がはっきりしない内からねずみは彼女を守ることに異様な拘りを見せる。

「おれは、ありすを守るためにここにいる。それは、疑いようもない事実だった」

彼の言う「疑いようのない事実」に客観性はなく、この段階ではこれは単にねずみの確信や信念といったようなものに過ぎない。しかしその一見勝手な確信も、その背後に、幼い彼に暴力を振るっていた父親や、彼を見捨てて家を出て行った母親の存在があり、その記憶が、ねずみがこの世界を暴力的なものと考える理由となっていることが分かると一定程度納得がいく。彼にとってそもそも世界は暴力的なものであり、その暴力からありすを守ること、この使命感が彼の心の空隙にぴたりと入り込み、忽ち彼の確固たる存在理由となったのである。

この暴力に満ちた世界を象徴するような存在が、ねずみが働くようになったA型作業所（事業者と利用者が雇用契約を結ぶ作業所）に現れる。青木という四十代半ばの、図体のでかい、ヤクザのような風体の、犯罪歴のある男である。青木は作業所のメンバーに悪趣味で子供っぽい意地悪をしかけては支配欲を満たすような、迷惑な存在だった。

その後、ねずみは働き振りが評価されて自動車工場の清掃員として勤務することになり、そのためにグループホームを出てアパートに移り住まねばならなくなる。するとねずみと入れ代わるようにして、青木がグループホームに入居してくる。青木は驚くべきことに、ありすが以前看護師として働いていた精神病院に入院歴があり、その時ありすに付きまとった挙句に拒絶されたことで彼女を逆恨みしているというおぞましい過去を持っていた。

これが、ありすに危害を加え得る存在として、ねずみの前に青木という敵の存在がはっきりとその姿を現した瞬間だった。青木は、恰もねずみ自身の心が生み出したかのような、ねずみにとって最も憎憎しく、もしありすに何かあったら殺すことも辞さぬほどの憎悪の対象として立ち現れた。青木はありすのみならず、もぐらにもセクハラをしているという。

ねずみにとって全集中で倒すべきヒール、それが青木なのである。

第五章ではそれまでとトーンが一変して、ねずみに宛てたありすの手紙が異様な迫力で繰り広げられる。その尺の長さは他と比べてややバランスを欠く印象を受けるが、それが作者の意図によるのは明らかである。ありすの中にある巨大な非現実世界を、手紙は取り憑かれたような文体で描写する。それはねずみの感覚からしても、如何にもあり得ない妄想世界に映る。ありすの頭の中には、エマという架空の友達のみならずカールという友達も棲んでいるらしい。そして向こう側の世界らしい「黄泉の国」については、このように語られる。

「あの場所は想像以上に美しく、恐ろしく、完璧な世界なんだ」

「ここには時間なんてないんだ」

「そこには果てしない荒野が広がっていて、遠く地平線の向こうには巨大な黒い城が建っている」

「わたしたち二人で、この世界を超えて、新たな永遠に旅立つんだ。待ってるよ、黄泉の国で」

しかし問題はありすの妄想世界の異常さではない。古来より聖なるものは魅惑的であると同時に恐ろしい、と相場は決まっていて、見ようによってはありすの妄想世界は古典的な風景ですらあると言える。問題は、ねずみがそんなありすの非現実の世界に接して動揺し、忽ち弱気になってしまう点にある。ありすを守り抜く筈のねずみが、次のような弱音を吐くのだ。

「こんなに現実と妄想の世界が曖昧になっている状態のありすを、おれは果たしてちゃんと責任を持って守れるのだろうか……?」

ありすが統合失調症であり、妄想世界に生きていることはねずみにとって最初から織り込み済みのことである筈である。にも拘わらず、妙な自己憐憫に浸るねずみのこの歪んだ自己愛に、読者のねずみへの信頼は大いに揺らぐ。この辺りから読者は、ねずみの語るこの一人称小説に一抹の疑念を覚え始めるのではなかろうか。

それはありすの、こんな不安にも通ずるだろう。

「ねずみが一生懸命わたしを守りたいって言ってくれるのは嬉しいんだけど、時々その言葉が少し怖く感じることがあるんだ。最近、わたしの頭の中が混乱していて、ねずみの言葉が現実なのか、わたしの妄想なのか、わからなくなることがある」

その後の展開においてもねずみは、現実から離れていくありすを恐れ、ありすを守るどころか、寧ろ彼女を危険な状況の中に放置するかのような一貫性のない矛盾した行動を取ることになるだろう。

グループホームを出てねずみと同居するようになったアパートは、ありすにとって「いつか外に出てみたい」と望んでいたところの「外」だったのか、それとも、新たな牢獄だったのだろうか？　彼女はアパートの窓の外の美容室の看板を見て「あそこ、行ったみたい」と言う。それに対してねずみは、危険だからと彼女の髪を自分の手でカットして台無しにし、勝手に外に出て行かないようにと部屋に監視カメラを設置する。ねずみは、ありすの安心よりも自分の安心の方を優先しているかのようだ。脅威を完全に支配下に収めることでしか絶対の安心が手に入らないのであれば、その支配欲には止まるところがない。支配の対象が強敵の青木ではなく、最もコントロールし易いありすになってしまうところに人間としてのねずみの弱さがある。

そして後半、事態は坂を転がり落ちるように悪化の一途を辿る。

第十章「パズル」で青木の手下に「まずはお前からだな」と脅迫されていたもぐらの身に起こった悲劇は、ねずみやグループホームのメンバーを恐怖のどん底に突き落とすに充分な惨事だった筈である。その時ねずみが皆に提案したのが、もぐらが挑んでいたパズルを自分たちの手で完成させ、青木たちに見せ付けることだった。因みにもぐらは嘗て、パズルは「現実から目を背けたくなるとき」にやりたくなるものであり、「自分を落ち着かせるための修行」であると述懐している。グループホームのメンバーたちは、完成しかかっていたパズルを青木に二度も蹴り飛ばされ、しかも尚パズルの完成にどこまでも固執する。

この章は実に不可解である。

なぜメンバーたちは、もぐら事件の首謀者かも知れない青木と同じグループホームに平然とい続け、パズルなどをしていられるのか？　事件の重大さに警察もマスコミも大騒ぎする筈が、恰も何もなかったかのようなグループホームの異様な静けさ。このシュールさはただ事ではなく、私は一瞬吹き出し、そして神妙な気持ちになった。

確かに、これはただ事ではないのだ。

第十一章「赤い水」には、この事件のリアリティを巡ってありすがねずみに食ってかかるシーンがある。ここでは明らかにありすの方が正論を述べている。ありすは、事件そのものがねずみの妄想ではないかと疑うのだが、それは尤もなことである。

ねずみが自動車工場の清掃員として初めて出勤した時、工場主任は作業員たちに彼を「ねずみさん」と紹介した。私は、この個所の不自然さがずっと引っかかっていた。即ちねずみはニックネームではなく本名なのである。ねずみが本名であるような世界そのものが、ねずみの頭の中にしかない妄想世界である可能性は充分にある。

ラストにかけて青木やありす、そして彼自身に起こる悲劇的な展開も全てねずみの妄想であるなら、それはありすの「黄泉の国」より一層具体的で深刻な内容を持つ悪夢と言えよう。

牧野楠葉はこの小説になぜ「子供の情景」というタイトルを付けたのだろうか？

ウィリアム・ゴールディングの小説『蝿の王』は、南太平洋の孤島に不時着した子供たちが、始めは大人のいない世界で仲良く暮らしていたが、次第に仲間割れして残酷な闘争状態に突入していくという物語である。ラストシーンで初めて海軍士官が登場し、子供たちはまるで悪夢から覚めたように現実へと引き戻される。この海軍士官のような大人が『子供の情景』には一人も登場しない。グループを導く存在である五十歳のふくろうおばさんにも、メンバーはまとめられても妄想世界を打ち砕く力は毛頭ない。警察も当てにならない。登場人物は全てどこか子供っぽい。タイトルの意味は、きっとそういうことに違いない。

ではこの小説世界がねずみの妄想であるとして、果たしてその「外」に大人のまともな世界があると言えるだろうか？　大江健三郎の小説『芽むしり　仔撃ち』の中で、取り残された子供たちのところに戻って来た村人たちは、果たして子供たちの味方だったろうか。この世界を作っている大人たちこそ、暴力そのものではないのか？

牧野は自ら、双極性障害Ⅰ型（Ⅱ型より躁が激しい）とASD（自閉スペクトラム症）であることを公表している。統合失調症や双極性障害の登場人物は、「宇多田ヒカルなら簡単に歌にできそうなもの」（『ローレン　意味のない記号の詩』所収）に、アル中の父親から暴力を受けていたという設定は、「フェイク広告の巨匠」（『フェイク広告の巨匠』所収）などにも見られる。

彼女の作品は、精神の内と外そのどちらにも逃げ場のない状況で、叫ぶようにして生まれたかのような印象を受ける。それは純粋な叫びであって、解決とか救いといった理知的なものでは全くない。恋人も友達も当てにはならず、勿論大人は助けてくれない。死以外に逃げ道はないようなどん詰まりの中で、牧野楠葉は小説を書いているのだ。小説は、彼女が生き延びるための、全力の妄想なのかも知れない。

ところで、妄想とは一体何だろうか？

もし全てが妄想であるとすればそれはもう、妄想と言うよりもう一つの現実なのではなかろうか？目覚めるからこそ妄想に耽っていたことが分かるのであって、目覚める余地がなければそれは現実と変わるところはない。その意味で、我々が生きているこの世界も妄想ではないと言い切ることは恐らく誰にも出来ない。

牧野楠葉が小説を書いているのは、恐らくそういう意味での妄想＝現実の次元においてなのだ。

小説『子供の情景』もシューマンのピアノ曲「子供の情景」と同じく十三の章で構成されている。第一章「出会い」―第一曲「見知らぬ国と人々について」、第五章「手紙」―第六曲「充分に幸せ」、第十章「パズル」―「むきになって」などと対応させてみると、とても興味深い。この曲をBGMにして本作を読んでみるのも一興かもしれない。

子供の情景

2024年12月2日　　第1刷発行

著　者――― 牧野楠葉
発　行――― 日本橋出版
〒103-0023　東京都中央区日本橋本町2-3-15
https://nihonbashi-pub.co.jp/
電話／03-6273-2638
発　売――― 星雲社（共同出版社・流通責任出版社）
〒112-0005　東京都文京区水道1-3-30
電話／03-3868-3275

ISBN 978-4-434-34962-1